Ulrich Grode

Trunkene Schwäne

Erzählung

Bibliografische Information der Deutschen Nationalbibliothek:

Die Deutsche Nationalbibliothek verzeichnet diese Publikation in der Deutschen Nationalbibliografie; detaillierte bibliografische Daten sind im Internet über http://dnb.dnb.de abrufbar.

Umschlagillustration und -gestaltung: Janko Grode
Lektorat: Carina Grode

Herstellung und Verlag: BoD – Books on Demand, Norderstedt

ISBN: 978-3-7448-9011-3

Hälfte des Lebens

Mit gelben Birnen hänget
Und voll mit wilden Rosen
Das Land in den See,
Ihr holden Schwäne,
Und trunken von Küssen
Tunkt ihr das Haupt
Ins heilignüchterne Wasser.

Weh mir, wo nehm' ich, wenn
Es Winter ist, die Blumen, und wo
Den Sonnenschein,
Und Schatten der Erde?
Die Mauern stehn
Sprachlos und kalt, im Winde
Klirren die Fahnen.

Friedrich Hölderlin, 1804

»Loslassen! Du sollst mich los-las-sen!«
Der kräftige Junge hielt die Hand des Mädchens fest,
das ihn anschrie und verzweifelt versuchte freizu-
kommen. Er lachte und zog sie zu sich heran. Sara
stellte den Wäschekorb in den Kofferraum ihres alten
Golf und ging zu den beiden. »Lass sie bitte los«,
sagte sie ruhig, aber bestimmt zu dem Jungen. »Du
hörst doch, dass sie das nicht will.« Er sah sie an. Sara
spürte, wie er sie abschätzte, scannte. Dann ließ er das
Mädchen plötzlich los, dass es rückwärts taumelte,
und trottete grinsend davon.
»Danke«, sagte das Mädchen. »Emil wohnt hier in der
Nähe. Ich kenn ihn von der Grundschule. Er nervt.
Manchmal.«

»Adele.«

»Ich heiße nicht Adele, Mutter. Ich bin Sara.« Sie hängte noch ein paar Blusen in den Schrank. »Du hast mal gesagt, du hättest mich gern Adele genannt. Aber Vater habe das nicht gewollt. Das komme von Adel. Das passe nicht zu einem 68er Jahrgang. Oma hat das dann aufgegriffen, ich sehe der Schauspielerin Adele Sandrock so ähnlich, und seitdem Adele zu mir gesagt.«

»Weiß ich doch! Außerdem: Red bitte nicht so schnell. Und so laut. Du bist nicht Betty, und ich bin nicht schwerhörig.«

Sara seufzte. Ruhig bleiben. Wer immer Betty war. Zur Hölle mit ihr. Was hatte es in den vergangenen Monaten für Kraft, Nerven und Zeit gekostet, ihre Mutter in die Stadt zu holen.

»Schau«, sagte sie zu der kleinen Frau, die mit gesenktem Kopf neben ihr saß, »diese Wohnung kannst du bezahlen, sie ist für dich optimal. Sogar dein großer Lesesessel passt noch hinein. Und wenn du Unterstützung brauchst, kannst du die Hilfe der AWO in Anspruch nehmen. Von deinem Platz am Fenster aus hast du einen schönen Blick über den Eingangsbereich des Heims und rüber zum Supermarkt. Da gibt es immer was zu gucken. Und unten in der Cafeteria kannst du zu Mittag essen.«

»Hast du die Spitzwegs an der Wand gesehen? Mit dem ›Armen Poeten‹ an meiner Seite krieg ich keinen Bissen herunter!«

Nach dem plötzlichen Tod ihres Vaters hatte Sara von Nachbarn und früheren Freunden ihrer Mutter jedes Jahr drängender gehört, das gehe so nicht, die arme

Frau komme nicht mehr allein zurecht. Tagsüber irre sie auf dem Deich oder am Wasser umher. Neben den Mülltonnen stünden Weinflaschen. Sie meide jede Gesellschaft. Sie spinne.

Und dann das mit dem Herzen, ihr »Seelenschmerz«.

»Du weißt, ich wohn ganz in der Nähe. Ich kann nach der Arbeit immer mal auf einen Sprung rüberkommen und nach dir sehen. Und hier sind so viele Menschen. Da findest du bestimmt bald Kontakt.«

Nach der Arbeit. Sie mochte gar nicht daran denken. Vielleicht konnte sie nachher noch mal ihre Mails checken und die Termine durchgehen.

»Jetzt wird alles gut!« Wem rief sie das zu?

»Hast du die Flasche Riesling dabei? Kannst du mir ein Glas Wein bringen?«

»Ich weiß nicht. Jetzt? Es ist doch noch hell draußen! Willst du wirklich …?«

»Ich wusste gar nicht, dass Wein nur im Dunkeln getrunken wird«, stichelte die zarte Frau. »Wenn das hier so ist, müssen wir das ändern.«

»Ich schau gleich mal nach«, sagte Sara und strich sich ihr schulterlanges Haar hinter die Ohren. »Lass uns zunächst noch schnell die beiden Kisten durchsehen. Diese hat ein Zahlenschloss. Kennst du die Nummer?«

»Ja.«

»Sagst du sie mir?«

»Nein. Stell sie nach unten in den Schrank.«

»Okay. Wie du meinst.«

»So. Und hier sind deine Fotos. Welche möchtest du auf der Kommode stehen haben? Ich besorg dann ein paar Rahmen. Hier: Vater. Natürlich von Vater eins. Neben seinem BMW. Das ist doch schön.«

Ihre Mutter nahm es und sah es sich lange an. »Das muss am Tag deiner Geburtstagsfeier gewesen sein, als ich sagte, Adele wär für dich ein schöner Name gewesen. Adele ist nämlich der Name einer der ersten Äbtissinnen eines Frauenklosters gewesen.«

Sie machte eine Pause und blickte auf. »Schade, dass du nicht ins Kloster gegangen bist«, fuhr sie leise fort. »Es gibt immer noch prächtige Klöster. Damals, auf meinen Wanderungen durch die Weinberge bin ich oft an einem vorbeigekommen. Versteckt hinter mächtigen Bäumen liegt es da. Ich stell mir vor, dass der Blick von den Zellen der Nonnen weit ins Tal geht, dem Fluss folgt und sich im Nirgendwo verliert.«

»Na hör mal«, lachte Sara. »Das ist heute wohl eher abwegig für eine Frau. Es gibt nicht einmal mehr 100 Novizinnen in Deutschland. Kein attraktiver Arbeitgeber, der sich 2000 Jahre gegen Reformen sträubt. Und dann gäbe es vermutlich auch Eva nicht!«

Ihre Mutter sah wieder auf das Foto: »Vater hat nur gewitzelt, ob Schauspielerin oder Äbtissin, das sei sowieso eins. Jetzt heißt sie Sara. Thema durch.«

»Warum heiße ich eigentlich Sara?«

»Unsere Eltern sind ziemliche Nazis gewesen. Sobald die Rede auf Hitler kam, leuchteten die Augen meiner Mutter, als stünde sie noch immer inmitten von BDM oder Frauenschaft vor dem Führer und machte sich gleich vor Freude in die Hosen. Als du kamst, studierten dein Vater und ich in Berlin. In West-Berlin. Nach der Geburt schlug ich Adele als Namen vor. Aber dein Vater sagte: ›Papperlapapp. Sara! Sie soll Sara heißen. Die Urmutter des Judentums. Wir setzen ein Zeichen!‹«

Sie hielt kurz inne, als müsste sie sich fassen, und fuhr dann fort: »Ich war sehr erschöpft von der Geburt. Ich gab nach. Ich möchte das alles noch mal aufschreiben. Was waren das für wilde Zeiten damals. Erinnere mich bitte daran. Ich darf das nicht vergessen.«

Sie gab das Foto zurück.

»Er lacht hier so schön«, sagte Sara. »Wie ein kleiner Junge.«

»Er ist immer ein kleiner Junge geblieben«, hörte sie ihre Mutter sagen. »Er freut sich da über seinen neuen BMW. Irgendein Sondermodell mit zwei Rückwärts-gängen oder so. Als Schüler durfte er sich für jede gute Note ein Wiking-Auto kaufen. Mit dem Älter-werden sind die Autos dann lediglich größer ge-worden. Als Student fuhr er natürlich 'ne rote Ente. Bei den meisten Männern ist es so, dass sie im Grunde nie davon loskommen, sich Spielsachen zu kaufen, mit denen sie anderen imponieren können. Oder dass sie sich raufen, wer das größte Bier oder das schönste Mädchen bekommt. Guck dir diese Knaben an von Erdogan über Putin bis Trump. Mitten in der Pubertät. Und ohne Aussicht, je erwachsen zu werden.«

»Wir ändern die Welt nicht«, meinte Sara trocken.

Sie stand auf, schob den Gardinenschleier beiseite und sah auf einen großen, grauen Platz mit einigen parkenden Autos. Nebelnieselig. Ein alter Mann lud etwas aus einem Einkaufswagen in sein Auto. Im Hintergrund die schwarzen Fensterlöcher einer stillgelegten Fabrik.

»Wie im Theater«, sagte ihre Mutter. »Trüber Tag. Feld.«

»Feld?«, fragte Sara.

»Ich mein die Szene im ›Faust‹. Gretchen sitzt im Kerker. Sie hat Mutter und Kind umgebracht und

11

wartet auf den Henker.« Sie schwieg. Fast schien es, als sehe sie es vor sich, denke tiefer darüber nach und verirre sich. Doch dann fasste sie sich: »Das ist so ziemlich die Stimmung hier, nicht wahr?«

»Du bist ungerecht«, empörte sich Sara. »Ein ziemlich kommoder Kerker. Und niemand will dich umbringen.« Sie versuchte zu lachen und fügte hinzu: »Jedenfalls noch nicht.«

»Ich bin nie mit ihm in diesem Auto gefahren«, sagte die kleine Frau, ohne auf Saras Scherz einzugehen. Es klang wie eine Feststellung, die sie selbst etwas in Erstaunen versetzte. Und leise: »Ich weiß schon lange nicht mehr, warum ich ihn damals geheiratet habe. Ich habe es wohl vergessen.«

Sie verharrte einen Moment, stand dann aber auf und ging zur Tür.

»Wohin willst du?«, fragte Sara.

Ihre Mutter lächelte sie an: »Ich bitte austreten zu dürfen, Frau Tochter.«

»Ja, natürlich«, stammelte Sara. »Entschuldige.«

»Schon gut. Du kannst vielleicht jetzt mal den Wein holen und ein wenig Musik anmachen … Adagio. Das passt wohl am ehesten.« Und als Sara sie fast wie aus Kinderaugen fragend ansah, fügte sie hinzu: »Oder ist es noch zu hell für Chopin?«

Als sie zurückkam, stand ein Glas Wein auf dem kleinen Beistelltisch neben ihrem Sessel. Sie hielt kurz inne und hörte der Musik zu: »Sehr passend, ›Tristesse‹ von Chopin«, sagte sie, setzte sich und nahm das Glas: »Du möchtest nicht? Dann …«, und genüsslich legte sie ihren Spott in jedes Wort: »… auf das Leben im Nichts, wie Fallada geschrieben hat, der diese Stadt offenbar hasste: kleinbürgerlich, prüde, ohne jede geistige Schicht!«

Sara sah sie erstaunt an: »Du hast dich ja gut informiert.« Und bissig: »Immerhin weißt du nun, warum ich hier lebe.« Als keine Reaktion kam, griff sie wieder in die Kiste.

»Ein junger Soldat in Wehrmachtsuniform. Wer ist das?« Sie reichte ihrer Mutter das Foto. »Er sieht dir irgendwie ähnlich.«

Ihre Mutter betrachtete es lange: »So. Du findest das also auch. Ich hab es im Schrank meiner Mutter gefunden, als sie im Sterben lag. In dem Umschlag befand sich noch ein Liebesgedicht. Ich denke, dass dies mein leiblicher Vater ist. Ich wurde 45 geboren. Dein Opa kam 43 in Gefangenschaft und erst 47 wieder nach Hause. Er scheidet aus. Ich habe kaum Erinnerungen an ihn. Ein grübelnder, missmutiger Mann. Kettenraucher. HB, glaub ich. Du kennst die Werbung wahrscheinlich nicht mehr. ›Wer wird denn gleich in die Luft gehen. Greife lieber zur HB!‹ Als der Krieg zu Ende ging, war deine Oma eine Frau in den besten Jahren. Sie amüsierte sich. Sie sah, wie die Welt unterging, an die sie geglaubt hatte. Eine Zukunft konnte sie sich nicht vorstellen. Der Augenblick zählte. Hinzu kam die Flucht aus dem Osten. Ihre Eltern waren bei den Angriffen auf Dresden ums Leben gekommen. Da war kein Arm, an dem sie sich festhalten konnte.«

Sie war einen Moment still.

»Da ist nie ein Arm«, flüsterte sie dann.

Sara versuchte behutsam den Tonfall aufzunehmen: »Hat dir das Oma erzählt?«, fragte sie.

»Nein. Mutter sprach nicht über diese Zeit. Später sprach sie nicht einmal über ihren Krebs. Sie wusste nicht, dass am Ende das Schweigen oft schwerer zu ertragen ist als das Reden. Zu ihrer Beerdigung kam ihre Schwester, Tante Wanda, die lange in den Staaten gelebt hat. Die konnte mir einiges erzählen.« Sie gab Sara das Foto zurück. »Er macht zwar keinen unsympathischen Eindruck, aber leg ihn zurück in die Kiste. Zu dem Jungen mit dem Auto.«

»Zu Vater!«

»Möglicherweise.«

»Was heißt das?«

»Auch Ende der 60er Jahre waren die Zeiten unübersichtlich. Auf eine andere Weise, natürlich. Jedenfalls in West-Berlin. Wir kämpften für eine bessere Welt. Wir wollten frei sein.«

»Das heißt?«

»Möglicherweise.«

»Das hast du mir nie erzählt.«

»Du hast mich nie gefragt.«

Sara überlegte einen Moment, ob eine solche Frage wohl üblich sei, stand dann aber auf und holte sich ein Glas Wein aus der Küche. Sie trank einen Schluck. Draußen schien der trübe Januartag gleichmütig in den Abend übergehen zu wollen. »Sag, vor deinem Studium hast du doch eine Ausbildung als Krankenschwester gemacht.« Sie trank wieder einen Schluck. »Vater ist an einem Herzinfarkt gestorben. Du hast erzählt, dass du nachts aufgewacht bist, weil er im Schlafzimmer herumrannte und über Schmerzen in der Brust klagte. Du hast ihn beruhigt. Er solle sich wieder hinlegen und weiterschlafen. Da sei schon nichts. Am Morgen war er tot.« Sie nippte nervös am Glas. »Was ich mich damals schon gefragt habe: Hättest du als ausgebildete Krankenschwester nicht anders reagieren müssen? Hätte dir nicht gleich durch den Kopf gehen müssen, was das alles sein könnte? Hättest du nicht sicherheitshalber einen Krankenwagen rufen müssen?« Sie setzte sich und stellte ihr Glas ab. Ihr Herz pochte. Chopin spielte unbeirrt gegen eine bleierne Stille an, die sich im Zimmer breitmachte. Sie zwang sich, ruhiger zu atmen.

Schließlich sagte ihre Mutter: »Hätte … müssen.« Es war fast ein Flüstern, wie zu sich selbst gesprochen. Dann etwas lauter: »Glaub mir, ich habe bis heute keine Antwort auf deine Fragen gefunden.« Sie nahm das Glas und trank ein wenig: »Zeig mir noch zwei, drei Fotos.«

Sara zögerte einen Moment, dann schaltete sie das Licht einer Stehlampe an und griff erneut in die Kiste: »Eva mit ihrem Freund.« Sie zeigte ihrer Mutter das Bild.

»Was macht Eva eigentlich? Wo ist sie jetzt?«

»Sie arbeitet an einem Projekt in Paris. Es geht um eine französische Intellektuelle. ›Die rote Jungfrau‹ ist der Arbeitstitel, meine ich. Aber mehr weiß ich auch nicht.«

»Simone Weil?« Ihre Mutter lächelte.

»Irgendwo habe ich den Namen schon einmal gehört«, sagte Sara. »Aber hilf mir: Kennst du sie?«

»Wer kann sagen, dass er einen anderen Menschen kennt? Ich habe meine Examensarbeit über sie geschrieben. Anfang der 70er. Die ist damals sogar von einem linken Verlag als Buch herausgegeben worden. Es waren halt andere Zeiten.«

Sie hatte sehr schnell gesprochen, zögerte dann einen Moment und fügte hinzu: »Es scheint, dass einige Menschen Fragen stellen, die jede Generation neu beantworten muss. 1943 ist ihr Todesjahr. Der Dreher zeigt ihr Alter: 34. Krankheit? Selbstmord? Die Psyche?«

»Welche Fragen hat sie denn gestellt?«

Ihre Mutter brauchte ein wenig Zeit. »Um es mit den Worten eines anderen zu sagen: Wieweit kann ich als Einzelner die Gesellschaft so verändern, dass ›der Mensch dem Menschen ein Helfer ist‹?«

»Das klingt gut«, meinte Sara. »Aber auch gewaltig. Klingt nach UNICEF oder DRK.«

»Ach, meinst du?« Leichter Spott lag in der Stimme der Alten. »Das ist aber Brecht!«

»Brecht?«

»Bertolt Brecht, ja. ›An die Nachgeborenen‹. Damit meint er wohl auch dich.«

Sara unterdrückte ihren Ärger: »Sag mal, Mum, wird ›Weil‹ nicht anders ausgesprochen, wenn sie Französin gewesen ist?«

»Sicher.« Sie schmunzelte. »Wir haben uns damals einen Spaß daraus gemacht und die Vornamen der Profs mit neuen Nachnamen versehen. Unterordnende Konjunktionen. Also Jürgen Weil, Ernst Obwohl, Walter Falls, Peter Sodass usw. Wir orientierten uns an der Häufigkeit des Gebrauchs. Und wenn sie dann in ihren Vorlesungen diese Wörter benutzten, konnten wir uns gar nicht halten vor Lachen. Auch weil sie nicht wussten, warum wir lachten. Einige dachten, wir freuten uns über die Brillanz ihrer Gedanken, und blähten sich noch mehr auf.«

»Gab es denn keine Frauen im Lehrkörper?«, fragte Sara nach.

»Nee. In unserer Fakultät nicht. Ich kann mich an keine erinnern.«

»Unvorstellbar. Heute liegt der Anteil immerhin schon bei 25 Prozent.« Sara war ihrer Mutter beim Betrachten des Fotos sehr nah gekommen. Sie roch nicht nach alter Frau. War das nicht Chanel? Aber wie klein sie geworden war. Kurzes, graues Haar. Spitze

Nase. Wie eine Maus. Die Haut fast durchsichtig. Und so blass. Omas Perlenkette. Wie viel Zeit blieb ihr noch?

»Ja, Eva und ihr Freund«, murmelte ihre Mutter. »Sind sie glücklich?«

»Ach, weißt du«, antwortete Sara. »Sie studieren beide. Sind fleißig. Ole ist immer sehr ernst.« Sie schwieg eine Zeit lang und fügte dann leise hinzu: »Er ist einer, der keine Spielsachen braucht.« Sara merkte, wie sie ein wenig errötete. Sie spürte den erstaunten, fragenden Blick ihrer Mutter, ärgerte sich, nahm dann aber ganz ruhig das Foto und legte es zurück in die Kiste.

Ihre Mutter beugte sich zu ihr und strich ihr über den Arm: »Ja, wir werden älter, nicht wahr? ›Weh mir, wo nehm' ich, wenn es Winter ist, die Blumen, und wo den Sonnenschein und Schatten der Erde?‹, heißt es bei Hölderlin. ›Die Mauern stehn sprachlos und kalt‹.« Sie lehnte sich wieder zurück: »›Frühlings Erwachen‹ ist schöner, oder?« Und vorsichtig fügte sie hinzu: »Sag, gibt es aus deiner Kindheit oder Jugend Momente, die dir klar vor Augen stehen?«

Sara guckte etwas ratlos. Dann fasste sie sich: »Ja. Oft denk ich an folgendes Bild: Ich hatte gerade meine ersten Erfolge als Balletttänzerin, vierzehn muss ich gewesen sein, da saßen wir am Sonntagnachmittag bei Oma im Garten und aßen Kirschtorte mit Sahne. Weil sie so lecker schmeckte – am Tag zuvor hatte ich die Kirschen selbst gepflückt –, wollte ich mir ein zweites Stück nehmen. Da sagtest du in einem scharfen, fast schneidenden Ton: ›Mein liebes Kind, nur wer sich zügeln kann, ist frei!‹ Ich zögerte, aber sei es, dass Oma mir zuredete, dass ich mir nicht alles immer von dir vorschreiben lassen wollte oder dass die Versuchung für mich zu groß war – ich nahm das Tortenstück und sah im gleichen Moment, dass du dich mit einem Ausdruck von Verachtung im Gesicht von mir abwandtest. Verzeih, aber dies ist so ein Bild, das mir klar vor Augen steht.«

Ihre Mutter hatte die Arme auf die Sessellehnen gestützt und massierte mit den Fingerspitzen die Stirn. Schließlich richtete sie sich auf: »Der Sommer der blutenden Kirschen. Ich erinnere mich genau.« Und als sie Saras Verwirrung sah, fügte sie hinzu: »Das war damals der Versuch, mein Leben, unser Leben in den Griff zu bekommen. Ordnung. Selbstdisziplin. Deswegen unterstützte ich dich ja auch beim Ballett. Schule des Lebens. Nur durch Arbeit, Fleiß, Zucht ist Leichtigkeit zu gewinnen. Überall ist das so.«

Sara stutzte, sagte aber nichts, denn dann schien der Tag doch noch schön werden zu wollen. Die Wolkendecke riss auf. Blauer Himmel. Sonnenstrahlen tauchten selbst Parkplatz und Fabrik in milderes Licht.

Sie schlug vor, an den Bordesholmer See zu fahren und ein paar Schritte zu gehen: »Magst du? Keine Deiche, aber vielleicht doch ein bisschen was von dem, woher du kommst.«

Zuerst gingen sie ins Café, bekamen noch einen Fensterplatz und bestellten Mohnkuchen zum Tee. Ihre Mutter genoss offenbar den Blick übers Wasser, und Sara fragte nach dem, der möglicherweise auch ihr leiblicher Vater sein könnte. Der Name kam ihr aus dem Geschichtsunterricht bekannt vor. Außerparlamentarische Opposition, RAF? Ihre Mutter ließ sich scherzhaft auf alternative Lebensläufe ein, sodass an den Nebentischen immer weniger gesprochen wurde. Sara versuchte zu lächeln. Sie hatte das eigentlich anders gemeint.

»Wer immer es gewesen ist«, sagte ihre Mutter zum Schluss: »Sei du selbst! Mehr als ein Leben hast du nicht. Du bist noch jung. Nicht einmal 50!«

Sara seufzte: »Wer bin ich denn?« Sie sah ihre Mutter lange von der Seite an. War nicht auch sie eine Stange des Käfigs, in dem sie ihre Pirouetten drehte?

Der helle Abendhimmel lockte zum Gang um den See, an der Klosterkirche vorbei, möglichst nah am Wasser, das ein paar Meter vom Ufer entfernt zu Eis gefroren war.

An einer offenen Stelle blieb Sara stehen: »Sieh dir die Konturen an! Alles so klar und scharf. Das erinnert mich an die ersten Bücher, die du lektoriert hast. Bilder voller Sinnlichkeit. Immer auf der Suche nach dem Ursprünglichen.«

»Ja, der Zauber des Beginnens«, murmelte ihre Mutter. Sie folgte dem Flug einiger Krähen, die von den Feldern kamen. »Über diesem kleinen Wasser das letzte Licht des Tages. Die blaue Stunde. Ein schönes Bild. Die Schwäne dort, so weiß! Die Zukunft aber ist dunkel, was ›wohl das Beste ist, was die Zukunft sein kann‹. Ich weiß nicht mehr, wer das geschrieben hat. Ich muss das nachsehen.«

Schweigend setzten sie ihren Spaziergang fort, bis sich plötzlich hinter den Bäumen der hohen Uferböschung schwarze Wolken heranschoben, die sie umkehren und zum Auto hasten ließen, das sie außer Atem, aber gerade noch rechtzeitig erreichten. Regen prasselte aufs Blech. Die Wischer schrabten entsetzlich. Wieder nahm Sara sich vor, beim nächsten Tanken neue zu besorgen. Wortlos ging es zurück.

Es läutete. Sara ging zur Tür und öffnete. Das Mädchen, das sie aus den Klauen Emils befreit hatte, stand vor ihr. »Darf ich mal bei Ihnen zur Toilette gehen? Meine Eltern sind nicht da, und ich hab meinen Schlüssel zu Hause vergessen.«

»Wann kommen sie denn wieder?«, fragte Sara.

»Meine Mutter gegen Abend. Ich muss aber *jetzt* mal.«

»Komm rein«, sagte Sara und zeigte ihr den Weg zur Toilette. Als sie wiederkam, bedankte sie sich. Sie heiße im Übrigen Lea und wohne drei Häuser weiter. Sara hatte in der Küche auf sie gewartet: »Ich hab dich schon einige Male gesehen. Es gibt nicht mehr viele Kinder, die einfach so draußen sind, mit einem Ball spielen, Pflastersteine bemalen oder mit dem Fahrrad im Park allein ihre Runden drehen. Außerdem hast du manchmal so ein auffallendes Kleid an. Leuchtend pink.« Etwas besorgt fügte sie hinzu: »Du klingst so heiser, möchtest du einen Bonbon?«

»Das ist normal«, antwortete Lea. »Papa sagt, das ist so, weil Mama eine Krähe ist.«

»Und was hat deine Mutter dazu gesagt?«, fragte Sara. Lea zögerte. »Das«, begann sie schließlich, »möchte ich noch nicht verraten. Vielleicht, wenn wir uns besser kennen. Kann ich noch einen Moment bleiben? Es ist so anders hier.«

Sie setzten sich an einen der kleinen Tische. »›Fräulein Frieda‹, das hat was«, sagte ihre Mutter leise. »Keusch, sittsam, geradlinig. Ein bisschen alte Jungfer. Und wenn da nicht das nackte Mauerwerk über dem Sofa wäre, könnte man an gute Stube denken. Geh bitte nach vorn und such uns einen Kuchen aus.«

Am Nebentisch saßen zwei weißhaarige Alte in Jackett und Weste. Der Bärtige erhob gerade die Tasse: »Auf Virginia Woolf, unser heutiges Geburtstagskind. Der graue, wasserfarbene Tag da draußen passt zu ihrem Tod. Ertränkt hat sie sich. Himmel, wie mag es ihr dabei ergangen sein?«

»Wir wissen es nicht«, ergänzte der andere, »weil sie es nicht mehr beschreiben konnte.« Sie leerten ihre Tassen. »So wie bei all den anderen«, fuhr er fort. »Sylvia Plath nahm das Gas zu Hilfe, Karoline von Günderrode den Dolch, Anna Karenina warf sich vor den Zug. Auch ihre letzten Gedanken und Gefühle werden wir nie erfahren.«

»Aber Anna war keine Schriftstellerin!«, widersprach der Bärtige.

»Na und, was glaubst du denn, wie so ein Buch zustande kommt«, empörte sich der andere. »Der Autor schreibt. Der Erzähler erzählt. Aber die Figuren haben ein Wörtchen mitzureden. Und einige sind da eigen. Sie wissen, dass sie womöglich nur dieses eine Buch, diese eine Szene haben, mehr nicht. Vielleicht nur einen Satz. Stell dir vor, dein Leben bestünde aus einem Satz. Was würdest du an ihm herummachen, dass der aber nun …, verstehst du, verstehst du?«

»Jaja«, fuhr der Bärtige fort, »und dann kommt auch noch das Wetter, die Sonne scheint, und die ganze Melancholie löst sich in Wohlgefallen auf. Komm, erzähl mir nichts. Jeder Roman ist am Ende ein Universum für sich, entstanden in *einem* Hirn, geschaffen von dem, der auch einmal den Allmächtigen spielen will, jedenfalls im Kleinen, auf dem Papier.«

»Für dich soll immer alles einfach sein«, grummelte der andere. »Aber so ist das nicht. So läuft das nicht. Dann wirft sich plötzlich die schöne Anna vor den Zug, und du musst sehen, wie du aus dem Schlamassel wieder herauskommst.«

Sie lachten, standen auf, der Bärtige bezahlte, und die beiden verließen das Café.

Ihre Mutter hatte den beiden zugehört. »Sind hier alle so?«, fragte sie.

»Nein«, lachte Sara. »Die beiden sind schon etwas fremd. Aber es gibt mehr davon. Du wirst sehen. Wir gehen nachher ins Kulturbüro und gucken uns mal an, was hier so in nächster Zeit los ist: Theater, Ausstellungen. Vielleicht ist was für dich dabei.«

»Schau«, sagte die alte Frau ganz ruhig, »das Gespräch begann mit dem Geburtstag einer Schriftstellerin, die sich aus Verzweiflung um ihr Alter gebracht hat. Ich denke, sie ist als Mädchen von einem ihrer Brüder sexuell misshandelt worden.« Sie stockte und schien Mühe zu haben, sich auf ihren Gedanken konzentrieren zu können. »Es ging weiter über die Art und Weise, wie andere Frauen durch eigene Gewalt zu Tode gekommen sind, hin zum Schreiben ganz allgemein und wie es wohl funktioniere. Da sind sie dann wieder in ihrer eigenen Baukastenwelt angekommen und freuen sich wie zwei kleine Jungs. Das Leid der Frauen aber? Vergessen! Seltsam«, sie zögerte einen Moment, bevor sie weitersprach, »dabei hat auch Virginia Woolf überlegt, für eine gewisse Zeit ins Kloster zu gehen. Das war, als sie ›Ein Zimmer für sich allein‹ schrieb.«

»Eigentlich schade«, lachte Sara, »dass wir uns nicht an den Tisch der beiden Alten gesetzt haben. Du passt zu ihnen. Das nächste Mal, vielleicht. Sag, ist das mit dem Kloster nicht auch nur eine andere Art, sich um das eigene Leben zu bringen?«

»Mag sein. Leben, was ist das? Was gehört dazu?« Sie versuchte mit der Gabel einen Krümel Mohn zu fassen zu bekommen. »Wann fängt es an? Wann hört es auf?«

Sara ging nicht weiter auf die Fragen ein, sondern holte während des Essens einen Zettel mit Artzterminen aus der Tasche und erklärte, wie sie sich das mit dem Hin- und Zurückkommen vorgestellt hatte.

»Du wirst das schon machen. Das alles kann ich mir nicht merken. Erinnere mich noch einmal daran, wenn es soweit ist.«

Am Ende bezahlte Sara, unterhielt sich noch ein wenig mit der Bedienung auf eine herzliche und fast vertrauliche Art, lachte viel und sagte dann, nachdem sie das Café verlassen hatten: »Ich mag sie. Sie hat eine ganz eigene Schönheit, nicht wahr? Fast asiatische Gesichtszüge. Oder Südsee. Hatte Vater nicht auch eine Schwäche für diese fernen Kulturen? Hat er nicht mal eine Reportage gemacht – ›Auf den Spuren Kapitän Cooks‹?«

Als sie keine Antwort bekam, wollte sie sich schon zügig nach rechts wenden. Doch ihre Mutter hatte zur Linken die Kirche gesehen und lenkte den Schritt dorthin. Sie traten ein. Die alte Frau ließ einen Moment den Raum auf sich wirken, ging dann nach links, und beide setzten sich in die Ecke des Seitenschiffes.

»Ja, die hatte er«, begann sie leise, den Blick starr nach vorn gerichtet. »Diese Kultur war ihm aber nicht fern, sondern manchmal sehr nah. Besonders in der Art, wie du sie gerade erlebt hast.«

»Wie meinst du das?«, fragte Sara.

»Es war, als er wegen eines Projekts angeblich in Afrika unterwegs war. Kurz zuvor, im März 2011, hatte ein Tsunami in Japan ganze Städte zerstört und im Atomkraftwerk von Fukushima Explosionen ausgelöst, die große Mengen radioaktiver Strahlung freisetzten. Alles aus heiterem Himmel. 14.46 Uhr. Von einem Augenblick auf den anderen war nichts mehr so wie zuvor. Er wollte auf eine Katastrophe ganz anderer Art hinweisen. Eine Katastrophe, die sich wie in Zeitlupe über Jahre, wenn nicht Jahrhunderte entwickelt hat und kaum ernst genommen wird: Afrika, der sterbende Kontinent. Er schien begeistert, wollte noch einmal aufrütteln, anstoßen, etwas bewirken. Am Ende kam eine kleine Reportage dabei heraus, die im ›Daily Mirror‹ landete. In dieser Zeit bekam ich eines Tages Bilder zugeschickt, die ihn mit einer jungen Frau zeigten, einer Perle der Südsee. Schokoladenhaut. Zum Reinbeißen.« Sie schluckte.

Sara sah ihre Mutter an. Wie trocken, monoton, emotionslos sie das erzählte, den Blick auf einen fernen Punkt in der Kirche gerichtet.

»Ich kannte den Ort«, fuhr sie fort. »Zwei, drei Jahre zuvor waren wir gemeinsam dort gewesen. Er hatte mir den Kurztrip zum Geburtstag geschenkt, obwohl er wusste, dass ich nicht gern fliege. Weißer Strand, Palmen, kleine Restaurants. Ein paar Fotos waren auch in ›Rick's Café‹ gemacht worden. Geräusche, Stimmen, Gerüche, Atmosphäre, alles war für mich abrufbar, als ich die Bilder betrachtete: Szenen eines verliebten Paares im Urlaub. Seinen Bauch versteckte er unter langen Hemden, sein spärliches Haar unter einem Strohhut. *Ihre* Schönheit wirkte echt. Wie ihr Lachen. Was musste er ihr dafür bezahlt haben!«

Sie machte eine längere Pause.

»Fragen tauchten auf. Die Bilder taten weh. Zumal sie zu laufen begannen, sich mit Leben füllten, zu Geschichten wurden. Dies traf mich zu einem Zeitpunkt, als ich gedacht hatte – trotz aller Fremdheit, die in den Jahren entstanden war und«, sie lachte kurz auf, »trotz der Barthaare und Zahnpastareste im Waschbecken – als ich gedacht hatte, wir könnten das Schweigen ertragen, miteinander alt werden und in einer Art Zweisamkeit einander zugetan bleiben.«

»Hast du mit ihm darüber gesprochen?«, fragte Sara, und als ihre Mutter nickte: »Was kam dabei heraus?«

»Wir sind uns durch das Gespräch nicht nähergekommen, wenn du das gehofft hast. Mir ging es am Ende nur darum, dass er wusste, dass ich es wusste. Im Grunde spielten wir Theater, ein uraltes Stück. Wahrscheinlich erreichten wir kaum das Niveau der Landesbühne, jedenfalls nicht annähernd die Klasse von Elizabeth Taylor und Richard Burton in ›Wer hat Angst vor Virginia Woolf?‹. Angst hatte ich auch nicht, ich spürte eher – bis zu seinem Tod – eine abgrundtiefe Müdigkeit.« Nach kurzem Zögern fügte sie hinzu: »Ich weiß, was du jetzt denkst.«

Sara stutzte. Was hatte das mit Virginia Woolf zu tun? Sie kannte weder das Stück noch den Film, fragte aber schließlich nur: »Hast du ihn danach vermisst?«

Ihre Mutter musste offenbar lange überlegen, bis sie antwortete: »Hier ist es still. Ich kann mir kaum einen Menschen vorstellen, der diese Kirche betritt und nicht von dieser Stille ergriffen ist. Nach all der lärmenden Hektik da draußen ist es hier, als ob die Zeiger der großen Uhr stehen geblieben sind. Du kannst innehalten, zur Ruhe kommen. Wie aber, wenn aus dieser Stille Einsamkeit wird? Wenn du weißt, da ist niemand, der auf dich wartet, dem du etwas erzählen kannst, der antwortet, der neben dir atmet, der dich ab und zu braucht. Tag für Tag, Jahr für Jahr? Dann musst du neu lernen, mit dir selbst klarzukommen.«

»Und deswegen ans große Wasser, hinter den Deich, auf die Insel, ein Leben abseits der Menschen?«, fragte Sara. »Ist das nicht seltsam?«

»So ist es. Allein.« Mühsam stand ihre Mutter auf. Und als Sara sich ebenfalls erhob und zufällig in Richtung des Altars guckte, da bemerkte sie endlich, was ihre Mutter offensichtlich die ganze Zeit im Blick gehabt hatte. Vor dem Jesusbild lag bäuchlings ein Mädchen oder eine junge Frau. Regungslos. Ihr volles, rotes Haar leuchtete im Licht, das durch ein Fenster fiel.

Besorgt fragte Sara: »Soll ich mal nachsehen?«

»Keine Angst. Sie lebt«, sagte ihre Mutter. »Ich habe gesehen, dass sie sich bewegt hat.«

Am Teichufer entlang gingen sie zum Parkplatz. Die kleine, zarte Frau blickte über das Wasser: »Hier also tunken die von Küssen trunkenen Schwäne Tag für Tag ihr Haupt ins heilignüchterne Wasser und gaben so der Stadt ihr Wappen.« Und als Sara sie verwirrt ansah, fügte sie hinzu: »Hölderlin.«

»Leider nicht«, sagte Sara. »Der Teich ist zu flach für Schwäne.«

Im Auto – den Besuch im Kulturbüro schenkten sie sich heute, es war spät geworden – drängten sich Sara verstörende Bilder auf, Erinnerungen an Kindheit und Jugend. Fremde Blicke des Vaters auf sie, auf ihren Körper. Ein Tanz beim Abiball, zu fest, zu eng, zu drängend.

»Geht es dir gut?«, hörte sie ihre Mutter fragen. »Du redest nicht viel, und wenn, dann so schnell.«

»Alles okay«, antwortete Sara. »Ich hab mein Leben ganz gut im Griff. Viel zu tun. Aber alles strukturiert. Mach dir keine Sorgen.« Sie ärgerte sich, dass sie schon wieder viel zu hastig gesprochen hatte.

»Bist du noch bei der Firma, die ich immer ›Beruf und Karriere‹ nenne?«

»Ja. Ich kümmere mich um Führungspositionen.«

Auf dem Parkplatz vor dem AWO-Heim fiel ihr ein, dass sie noch Wasser, Wein und frisch gewaschene Wäsche im Kofferraum hatte.

»Ich bring dir das schnell nach oben … Doch, doch. Kein Problem.«

Sie stellte alles in der Küche ab, bemerkte im Vorbeigehen, dass die letzte Weinflasche noch verschlossen war, und warf einen Blick ins Wohnzimmer. Fotografien, Papier und Stifte lagen auf dem kleinen Tisch in der Ecke.

»Du arbeitest? Wie schön! Ein neuer Bildband?« Sie trat näher heran. »Nackte junge Frauen. Ach nein, nur eine Frau. Moment. Nacktfotos von dir! Wow! Das bist du! Mum, das Pin-up-Girl!«

»Nein«, sagte ihre Mutter ganz ruhig. »Das *war* ich. Das bin ich schon lange nicht mehr. Damals – in den Sechzigern – verkauften sich die Fotos gut. Wir lachten darüber.«

Sie trat ans Fenster und sah auf den Parkplatz, die Menschen, die mit großen Einkaufswagen hin- und hereilten. »Wir haben damals überhaupt viel gelacht«, sagte sie ruhig, und ihre Stimme klang, als sei sie selbst ein wenig erstaunt, dass sich diese Erinnerung aufdrängte.

Sara kicherte: »Gab's damals nicht diese Werbung mit Nonnen im Afri-Cola-Rausch? Da bist du wohl auch dabei gewesen, so wie du hier aussiehst.«

Gedankenverloren stand die kleine alte Frau am Fenster und schwieg.

»Sag«, Sara zögerte, bevor sie weitersprach, »wer hat dir eigentlich die Fotos geschickt, von denen du vorhin erzählt hast?«

»Ich vermute, dass es Rick war, der Besitzer des Cafés«, antwortete ihre Mutter nach einer Weile. »Ich hatte ihm Fotos aus dem Bildband geschenkt, an dem ich gerade arbeitete. ›Unberührtes Land‹. Jetzt nur noch antiquarisch. Wir waren ins Gespräch gekommen, spürten ein gewisses Einverständnis, eine ähnliche Sicht der Welt, des Lebens, Nähe. Auf dem Briefumschlag war als Absender ein ›R‹ angegeben.«

Sara fiel auf, dass die Stimme ihrer Mutter wieder einen Ton hatte – so gleichförmig, fast abwesend –, als habe sie das unzählige Male dem Meer erzählt.

Sie sah auf die Uhr. »Verdammt, ich hab gleich einen Termin. Ich muss los. Ich melde mich. Mach's gut.«

Fast rannte sie hinaus, an den Alten vorbei, die draußen vor der Tür im Rollstuhl saßen. Stumme, harte Gesichter. Einige rauchten. Ein Blick wirkte bedrohlich. Absurdes Begehren? Neid? Warum versuchte sie trotzdem zu lächeln?

Bevor sie ins Auto stieg, drehte sie sich noch einmal um. Ihre Mutter stand immer noch am Fenster. Sara winkte. Ein großes Plakat warb für eine Zigarettenmarke: »Vom Morgen träumen, das Heute genießen«. Nicht nur den Alten gegenüber empfand sie das als Hohn.

Wie furchtbar alles war.

Sara kam mit zwei Einkaufstaschen vom Wochenmarkt, als sie in einiger Entfernung Emil und Lea sah. Das neonpinke Kleid war nicht zu übersehen. Sie lehnte sich rücklings an eine Wand, das rechte Bein angewinkelt, sodass sie den Fuß auf einen kleinen Mauervorsprung stellen konnte. Emil stand vor ihr. Beide aßen Eis. Lea erzählte etwas und leckte hin und wieder hektisch an ihrem Eis. Emil grinste sie an, während er das Gewicht mal auf den rechten, mal auf den linken Fuß verlagerte, sich in den Hüften wiegte und seinen Bizeps anspannte. Mit seiner breiten Zunge strich er langsam über sein Schokoladeneis. Als Lea Sara zufällig bemerkte und sie mit dem Eis grüßte, wurde auch Emil aufmerksam, stutzte und zog mit einem lässigen »Wir sehen uns, Le« ab.

»Hi«, sagte Lea. »Emil hat mich heute zum Eis eingeladen. Hast du meine grüne Brille schon bemerkt? Alles grün. Auch die Gläser. Ich dachte, das passt ganz gut zum Kleid.«

Sara stellte die Einkaufstaschen ab und überlegte einen Moment, ob sie auf das »Du« eingehen sollte, zu dem Lea übergegangen war. Aber dann fragte sie nur: »Hast du dir einmal überlegt, *warum* er dich eingeladen hat? Vor ein paar Tagen zerrt er an dir herum und jetzt ein Eis!«

Lea leckte einmal, schien nachzudenken, bis sie dann Sara aus ihren dunklen Augen direkt ansah und sagte: »Er wollte mich trösten. Seit gestern Abend ist nämlich meine Ma weg.« Sie schluckte.

»Was heißt das?«, Sara starrte sie an.

»*Weg* heißt *weg*, nicht mehr da. Unfassbar, nicht? Sie kam ganz normal von der Arbeit. Wir haben zusammen Abendbrot gegessen. Dann sah ich, wie sie im Badezimmer vor dem Wäscheberg stand und stand und stand, sich dann umdrehte, den großen Koffer vom Schrank holte, ihn öffnete und ihre Sachen dort hineinpackte. Sie sagte kein Wort. Ich sah ihr zu. Irgendwann fragte ich sie: ›Was machst du da?‹ Und sie sagte ganz ruhig: ›Ich gehe. Sag deinem verdammten Vater, dass er seine verdammte Wäsche selbst waschen soll. Mach's gut. Du kommst durch. Das weiß ich.‹«

Sara versuchte sich das alles vorzustellen, ging dann auf Lea zu und nahm sie in den Arm. Wie klein und zart sie war. Als sie sich wieder von Lea löste, die in der rechten Hand immer noch ihr Eis hielt, fragte sie nur: »Und nun?«

»Nachts hab ich alles Pa erzählt. Er ist Koch und kommt immer spät nach Hause. Er will sich jetzt eine andere Stelle suchen, bei der er tagsüber arbeiten kann. Vielleicht in einem Altenheim. Er sagt, das hat er sowieso schon vorgehabt.«

»Das hört sich doch gut an«, seufzte Sara. »Hast du denn hier noch andere Menschen, die sich um dich kümmern können? Verwandtschaft, Freundinnen oder so?«

»Nö. Nicht so richtig. Weiß auch nicht. Hat sich nicht so ergeben. Unfassbar, nicht?«

»Was sind denn das für Zeichnungen?« Sara betrachtete die Blätter auf dem Arbeitstisch. »Frühe Selbstporträts?« Sie lachte.

Im Zimmer war es ruhig. Ihre Mutter sah müde aus dem Sessel zu ihr hinüber. »Wenn ich morgens aufwache«, sagte sie leise, »befühle ich oft meinen Körper und denke: Welch seltsames Tier ich doch bin. Wenn Kinder Menschen malen, dann sieht man am Ende ein aufgerichtetes Ei, daran zwei Striche zur Seite, zwei nach unten mit jeweils fünf kurzen Strichen; auf dem Ei eine Kugel und in der Mitte der Kugel zwei kleine Kreise, darunter dann einen senkrechten und darunter einen waagerechten Strich, vielleicht auch einen Halbkreis nach oben oder nach unten geöffnet. Die meisten Erwachsenen lachen darüber. Aber wenn ich mich morgens nach dem Aufwachen im Bett ertaste, dann komme ich genau zu diesem Bild. Die Kinder haben recht.«

Sara lachte: »Punkt, Punkt, Komma, Strich, fertig ist das Mondgesicht.«

»Und zwei kleine Henkel dran«, ergänzte ihre Mutter, blieb aber ernst dabei, »fertig ist der Hampelmann. Und ich denke, auch da ist etwas dran.«

»Sicher«, sagte Sara, »wenn du die Betonung auf ›Mann‹ legst! Sag mal«, Sara schob die obersten Blätter beiseite, »sind das hier die Bücher, die du dir aus der Stadtbücherei ausgeliehen hast? Jean Améry, ›Über das Altern‹ und ›Hand an sich legen. Diskurs über den Freitod‹! Dass die so was ausleihen! Lies doch mal was Fröhliches!«

Ihre Mutter stand auf: »Ein kluger Kopf, dieser Améry. Du warst einige Tage nicht hier. Du hast geschrieben, dass du viel zu tun hast. Auch in meinem Leben gab es solche Zeiten.« Sie atmete schwer. »Es ist stickig und dunkel hier. Lass uns an die frische Luft gehen! Du kennst die Stelle aus dem ›Werther‹, das süße Gefühl der Freiheit, diesen Kerker verlassen zu können.«

Sie gingen Richtung Innenstadt. Sara sah, wie misstrauisch ihre Mutter dunkelhäutige Menschen beäugte. »Wollen wir mit dem Bus an den Einfelder See fahren?«, fragte sie. »Ich sehe gerade, dass in fünf Minuten vom Bahnhof einer fährt.«

»Ja«, antwortete die kleine alte Frau, blickte sich noch einmal um und fügte hinzu: »Warum will eigentlich keiner von denen nach Russland? Da ist doch viel mehr Platz!«

Sara beschloss, die Frage nicht ernst zu nehmen. Als die »Fünf« kam, stiegen sie ein. Während der Fahrt sahen sie aus dem Fenster und schwiegen. Am Gymnasium stiegen sie aus. Ein paar junge Schüler kamen aus der Schule, lachten, warfen sich einen Ball zu, der ab und an in die Büsche fiel, herausgeholt wurde und erneut von einem zum anderen flog. An einem Rucksack baumelte eine zerzauste Stoffmaus, die wohl schon einiges mitgemacht hatte.

Sara war stehengeblieben und freute sich über diese Szene, die so viel Leichtigkeit ausstrahlte, musste sich aber beeilen, als sie ihre Mutter ein gutes Stück vor sich sah.

Es war April und noch einmal kalt geworden. An einigen Stellen lag etwas Hagel. Dunkle Wolkenberge zogen über sie hinweg.

»Wie fremd mir die Welt geworden ist«, begann ihre Mutter, als sie am Wasser waren. »Nicht nur die vielen Menschen in der Stadt, auch diese kleine Fahrt mit dem Bus zeigt es mir: Holstenhallen, Waschstraße, Baumarkt, Fitnesscenter, Autohaus, Tennishalle, Waldorfschule, Sportplatz … Alles Orte, die ich nie aufsuchen werde. Sie spielen für mein Leben keine Rolle mehr.«

»Du wirst die Stadt besser kennenlernen und auch Plätze, die dir dann etwas bedeuten«, sagte Sara.

Ihre Mutter blieb stehen und sah über den See. »Mein Körper ist der Ort, wo ich bin. Noch. Du hast Bilder von mir gesehen, als ich Anfang zwanzig war. Das war einmal. Wenn ich sie betrachte, merke ich, wie fremd mir mein Äußeres geworden ist. Ich bin alt. Ohne viel Kraft. Ich sehe schlecht. Das Denken fällt mir schwer. Oft fehlen mir die Worte, die Namen, die Erinnerungen. Ich glaube nicht mehr daran, dass ich sie noch einmal aufschreiben kann. Und wozu auch? Die Kälte dieser Tage passt. Herbst oder Winter des Lebens. Hier draußen wird es in ein paar Tagen oder Wochen warm sein, alles blüht und grünt. Für mich gibt es keinen Frühling. Nie wieder. Der welkende Körper wird immer wichtiger. Im Heim sehe ich Menschen, denen ich von Tag zu Tag ähnlicher werde. Eingefallen. Regungslos. Trüber, leerer Blick. Ein Warten auf die Mahlzeiten, die Pflegekraft, den Schlaf, das Ende. ›Tod, wo ist dein Stachel?‹«

»Du weißt nicht, was in ihnen vorgeht. Und du bist doch noch ganz gut drauf!«, warf Sara ein.

»In mir ist nichts, was noch einmal etwas Neues werden könnte. In mir ist keine Zukunft, nur Vergangenheit. Eine Vergangenheit, die immer wertloser wird, weil sich alles immer schneller verändert. Was zu meiner Zeit wichtig war, spielt keine Rolle mehr.«

»Du brauchst nur ein paar Menschen, die sich wie du für Literatur interessieren«, sagte Sara und hakte sich bei ihr ein. »Und die etwas anderes lesen als Améry! Du brauchst Gespräche. Anregungen.«

Ihre Mutter ging langsam weiter: »Ich bin skeptisch geworden und glaube, dass im Bereich der Kultur immer nur ein Irrtum gegen den anderen ausgetauscht wird. Ich bleibe bei den alten, vertrauten Irrtümern.«

Zur Linken wurde an einigen Häusern gebaut. Tischler schnitten Holz zurecht. Elektriker verlegten Leitungen. Maschinen kreischten.

»Schöne Wohnungen. Blick über den See. Seniorengerecht. Hier sollte ich einziehen, wenn sie fertig sind. Kein ›Armer Poet‹ an der Wand, hier hängt wohl eher ›Betty‹.« Sie ließ ihren Blick über die Häuserzeile am See gleiten: »Ich weiß, ich habe wenig, ich leiste nichts mehr. Mein gesellschaftlicher Nutzen geht gegen null. Ein paar Jahre habe ich gute Bücher gemacht. Dann unterliefen mir Fehler. Ich wurde unsicher, verlor das Gespür für das, was Gewinn versprach. Ich lehnte Manuskripte ab, die woanders erfolgreich waren. Alles lange her. *Du* brauchst mich nicht. *Eva* braucht mich nicht. Ich bin Teil derer, von denen es zu viele gibt. Ich könnte Beachtung finden als Konsumentin von Kreuzfahrten, Busreisen und Wellnesstouren. Das will ich nicht. Ich käme mir lächerlich vor. So habe ich nie gelebt.«

Sara fror: »Bücher waren dir immer wichtig. Ist das nicht mehr so?«

»Doch, ich lese«, entgegnet die kleine alte Frau neben ihr. »Das ist meine Art, Widerstand zu leisten. Gegen die Leere, gegen die Satz- und Denkschleifen in meinem Innern, die sonst Achterbahn fahren würden, gegen die Bilder, die ich sehe, wenn ich die Augen schließe, gegen die Sehnsucht am Morgen, einfach im Bett liegen zu bleiben, in der Wärme dahinzudämmern, einzuschlafen. Ich lese. Am liebsten die Bücher, die ich schon kenne.«

»Ist das die Bilanz?«, fragte Sara und merkte, dass ihre Stimme fast ärgerlich, gereizt klang. Sie hatte das Gefühl, in ein tiefes Loch von Rat- und Hilflosigkeit zu fallen. »Bist du überhaupt nicht mehr neugierig auf irgendetwas?«

»Worauf sollte ich?« Es hörte sich an, als sei auch dies schon unzählige Male in den Wind gesprochen worden. »Ich habe genug gesehen. Ein großartiger Entwurf, diese Welt. Aber irgendetwas ist grundsätzlich falsch. Vielleicht auch nur mit mir.« Sie gingen ein Stück. Dann begann sie wieder: »Ich habe übrigens die nächsten Arzttermine abgesagt. Wenn es Not tut, schaue ich weiter.«

Sara wünschte sich, woanders zu sein. »Komm, lass uns umkehren. Ich glaube, der Weg um den See ist zu viel.« Nach einer Weile sagte sie: »Ich habe dich immer für stark gehalten. Stark wie jeder einzelne Baum da vorn, der manchen Sturm überstanden hat.«

»Ach«, seufzte die Alte und blickte zu den Bäumen: »Ihr Herrlichen, ihr drängt euch fröhlich und frei, eine Welt ist jeder von euch, jeder ein Gott, in freiem Bunde zusammen.« Und als sie Saras fragenden Blick sah, ergänzte sie: »Hölderlin.«

»Hör mal«, rief Sara, »was du noch alles im Kopf hast. Du brauchst Gesellschaft, einen ›freien Bund‹! Und dann: Vergiss nicht, du hast viele Jahre erfolgreich als Lektorin gearbeitet, du hast mich großgezogen, du hast versucht, anständig durchs Leben zu kommen, du hast sogar künstlerisches Talent. Müsstest du nicht für all das dankbar sein und dich vor allem fragen: Was bringt mir jetzt noch Freude? Was möchte ich jetzt noch genießen? Was fange ich mit meiner Freiheit an?«

Sie waren schon wieder an der Baustelle, als ihre Mutter endlich antwortete: »›Kirschen der Freiheit‹. Alfred Andersch hat das geschrieben. Zu seiner Zeit ein gutes Buch. Genießen, sich freuen. Ich hab das irgendwann verlernt. Die Fähigkeit dazu ist mir abhandengekommen. Wenn ich Menschen lachen sehe, komme ich mir vor wie im Exil. Ich verstehe diese Sprache nicht. Aber auch die Häuser hier, der See, die Straßen sind stumm. Ich versuche, ehrlich zu sein. Auch dir gegenüber.«

Sara fühlte, wie das alles sie niederdrückte. »Weißt du, wir fangen noch einmal an«, sagte sie schließlich. »Schritt für Schritt. Und der nächste Schritt sollte uns in ein Café führen, wo wir ein großes Stück Kuchen verdrücken. Ich hab nämlich Hunger.«

7

»Wenn man an die Kirchentüren anschlagen würde, dass der Eintritt den Reichen verboten ist, würde Simone Weil sofort katholisch werden!« Eva hievte ihren Koffer auf den Tisch ihres ehemaligen Kinderzimmers – jetzt »Studentensuite« genannt, wenn sie es »bucht« –, öffnete ihn und holte schmutzige Wäsche heraus, die sie gleich in den Korb warf, der neben Sara stand. »Solche Sachen hat sie ständig rausgehauen. Sie war dreißig, als sie aus Solidarität mit den Soldaten an der Front nur noch auf dem Boden schlief. Und kaum älter als ich, als sie monatelang in einer Fabrik schuftete, um den Alltag der Arbeiterklasse kennenzulernen.« Sara holte noch einen zweiten Korb und begann die Wäsche gleich zu sortieren. »Für sie eine Form der Sklaverei. Sie schrieb, dazu verurteilt, dies ein Leben lang tun zu müssen, würde sie sich in die Seine stürzen.«

»Ich fange an sie zu verstehen«, grummelte Sara. »Sag, wie lange willst du bleiben? Du hast ja deine ganze Wäsche dabei. Bist du aus der WG ausgezogen?«

»Kurzzeitig untervermietet. Ich bleib länger. Mit Psychologie hab ich aufgehört. Simone Weil hat mir gezeigt, dass es nicht darum gehen kann, das bestehende System zu schmieren oder Einzelteile zu reparieren. Wir brauchen ein *neues* System!«

»Ich hoffe«, empörte sich Sara, »mit ›Einzelteilen‹ meinst du nicht Menschen.« Und nach einer kleinen Pause fragte sie: »Was willst du tun?«

Eva zog einen Stuhl zu sich heran und setzte sich. »Erst einmal ist Action angesagt«, begann sie. »Im Juli ist in Hamburg der G20-Gipfel. Unser Motto:

›Krieg und Krise haben System. G20 entern, Kapitalismus versenken!‹«

Sara stand auf: »Versteh ich recht? Du brichst dein Studium ab, um Monate damit zu verbringen, Aktionen vorzubereiten und durchzuführen, die dich und andere in Gefahr bringen und absolut null an der Situation in dieser Welt verändern werden? Die Zeiten von Kapitän Cook sind vorbei. Das System ist doch kein Schiff, das man versenken kann und damit hat sich's.«

Eva schüttelte ihre blonde Haarpracht: »Erinnere dich. Wenn du in deiner Abiarbeit geschrieben hättest, in ein paar Jahren gebe es keinen real existierenden Sozialismus mehr, hätte man dich ausgelacht angesichts von Mauer, Atomwaffen und Stasi. Vielleicht wärst du sogar durchs Abi gefallen. Dieses System ist aber tatsächlich – vorerst – untergegangen. Seitdem gebärdet sich die internationale Finanzoligarchie rücksichtsloser denn je. Und die Politiker sind ihre Helfershelfer. Handlanger des Neoliberalismus …«

Sara hörte nicht mehr richtig hin, ging um den Tisch herum, auf dem einige Bücher lagen, die Eva mitgebracht hatte, und sah aus dem Fenster. Im frühen Sonnenlicht glänzten die schönen Fassaden der gegenüberliegenden Häuser. Alles sah so lebendig, so heimelig aus. Eva war da. Ihre Tochter. Sie hörte die vertraute Stimme, sah das vertraute Gesicht. Und doch war nichts Vertrautes mehr da. Eva hatte sich in Fahrt geredet: »Unser westlicher Konsumkapitalismus ist Teil eines globalen Ausbeutungssystems, das sich auf Kosten anderer bereichert, Kriege führt, um die eigenen Einflusssphären zu sichern, und Teile der einheimischen Massen in Hartz IV treibt, während gewissenlose Banker ihre Millionen in Steueroasen stapeln.«

»Kaum zu glauben«, sagte Sara in eine kleine Pause hinein, »dass du nach deinem Abi drauf und dran warst, eine Ausbildung bei der Stadtverwaltung zu beginnen.«

»Im Herbst«, fuhr Eva sehr bestimmt fort, »fange ich an mit Politologie, Soziologie und Geschichte.«

»Nein, bitte nicht«, murmelte Sara. Und während Eva daraufhin weit ausholte, um ihre Fächerwahl zu begründen, verfolgte Sara Lea und Emil, die sie Hand in Hand auf der gegenüberliegenden Straßenseite Richtung Park gehen sah. Sie ist doch noch so jung, dachte sie und glaubte Leas Stimme zu hören: »Unfassbar, nicht?«

Schließlich drehte sie sich um, betrachtete die Bücher auf dem Tisch und sagte: »Was bilden sich diese alten Männer eigentlich ein! Haben ihre Lehrstühle, Pensionen und rufen euch zu: ›Empört euch!‹, ›Zwanzig Lektionen für den Widerstand‹, oder hier: ›Ändere die Welt!‹. Du bist doch nicht Gott! Wer schreibt denn so was?«

Eva erhob sich: »Wir haben heute die Möglichkeit, global einen gemeinsamen Kampf zu führen. Was glaubst du, was in den USA, Frankreich, Spanien usw. los ist? Überall brodelt es. Du bekommst das in deinem Job vielleicht nicht so mit.« Sie stellte die leeren Koffer in die Ecke. »Suchst du noch Personal für Führungspositionen aus? Recruiting leadership positions … Headhunterin …« Sie lachte: »Was für eine militaristische Sprache!«

»Du weißt, dass ich das anders sehe«, sagte Sara. »Für mich ist das eher so eine Art Partnervermittlung. Aber ich kann dich beruhigen: Lange werd ich das wohl

40

nicht mehr machen. Ich hatte gestern ein Gespräch mit meinem Chef. Und wenn mich nicht alles täuscht, war das die Vorbereitung auf die Kündigung. Zu wenig Kontakte, zu kleines Netzwerk, zu wenig Erfolge. Um in deinem Bild zu bleiben: Die Abschussquote ist zu gering. Unsichere Zeiten. Wer eine gute Position hat, lässt nicht so leicht los, geht kein Risiko ein.« Sie ging wieder ans Fenster und sah hinaus. »Ich hab nachher noch einen Termin in Hamburg. Wenn ich den vermassel, dann …«

»Dann was?«, fragte Eva.

»Dann wird wohl alles besser«, höhnte Sara. »Du kennst ja sicher auch Horkheimers Satz, Reichtum sei unterlassene Hilfeleistung. Dessen machen wir beide uns dann nicht mehr schuldig. So hat auch das sein Gutes.« Sie blickte sich im Zimmer um, sah die vollen Wäschekörbe und lachte: »Zur Not mach ich einen Waschsalon auf. Aber sag: Hast du mit Anton über deine Pläne gesprochen?«

»Ja, natürlich. Wir haben uns in einem schicken Café in Frankfurt getroffen. Er sah gut aus und war mal wieder auf dem Sprung. Sein Fazit: Pflücke den Apfel vom Baum der Erkenntnis, mein Kind!«

Sara lachte: »Typisch! Immerhin scheint auch er zu ahnen, dass die paradiesischen Zeiten zu Ende gehen.«

»Ich glaube«, Eva sprach sehr leise, »er hat auch wieder eine neue Freundin. Ich weiß nicht, ob dich das stört.«

»Nein!«, Sara klang jetzt zynisch. »Ich hab ja Oma!« Nach einer Weile fügte sie hinzu: »*Ich* wollte es ja so. Weil ich an das andere nicht glauben kann. Bis heute nicht. Ja, heute erst recht nicht.« Sie nahm einen Wäschekorb und bemühte sich um einen leichten, unverfänglichen Ton: »Übrigens, Oma hat in den 70ern ein Buch über Simone Weil geschrieben. Besuch sie doch mal. Dann könnt ihr euch austauschen.«

»Wie geht es ihr denn? Was macht sie so den ganzen Tag in ihrer neuen Wohnung?«, fragte Eva.

Sara stellte den Wäschekorb auf den Tisch und ging mit Eva in ihr Arbeitszimmer. Auf dem Tisch lagen die beiden Bücher von Jean Améry: »Oma hat sich diese Bücher ausgeliehen und sie auswendig gelernt.«

»Hand an sich legen«, murmelte Eva.

Sara lachte: »Unfassbar, nicht? Bei meinem letzten Besuch hab ich sie mitgenommen und mal hineingeschaut. Vieles, was sie in letzter Zeit gesagt hat, ist offenbar diesen Büchern entnommen.«

Eva betrachtete die Familienfotos auf dem Schreibtisch: »Ja, ich besuch sie mal … Stand neben Omas Bild nicht immer eins von dir und Opa? Das von eurer Reise zu zweit ins auseinanderfallende Jugoslawien, als du vierzehn warst. Was ich dir nie glauben wollte, so erwachsen sahst du da aus.«

»Du hast ein gutes Gedächtnis«, staunte Sara. »Das hast du wohl von deiner Oma. Weia, ich muss mich noch umziehen für Hamburg. Ach, sag noch schnell: Was macht Ole?«

Eva zögerte einen Moment, dann sagte sie: »Ja, das weißt du noch gar nicht. Ole ist zur Polizei gegangen. Hat sein Studium geschmissen.«

»Was?«, Sara stutzte. »Das ist ja … Wir reden später weiter. Ich muss.«

8

Wie sie das hasste! Weit vor sich sah sie die roten Bremsleuchten aufblitzen, sah, wie die Autos vor ihr langsamer wurden, schaltete herunter, ließ den Wagen auslaufen, bremste, stand, wartete, machte den Motor aus.

Nach einiger Zeit holte sie ihren Laptop heraus und schrieb: »Die Bahn baut an den Gleisen. So nahm ich das Auto. Jetzt steh ich im Stau. Lieben Gruß von der A7. Es wird dann wohl nichts mit unserem Treffen in Blankenese. Tut mir leid. Ich hätte das besser planen und mich gestern zu Fuß auf den Weg machen sollen. Ich denke, das war's für mich. Jetzt übernimmt mein Chef. Passen Sie bei ihm auf. Beim Kleingedruckten auf Seite drei macht er immer einen Scherz und bestellt schon mal den Champagner. Wort für Wort lesen. Sie haben gute Karten. Die Atmosphäre in ihrem Betrieb, Kompetenzen, Lebenslauf, Umfeld, alles tipptopp. Vor allem: Sie strahlen Integrität aus. Das ist es, was heutzutage am dringendsten gesucht wird.

Warum ich Ihnen das schreibe?

Ich fand im Handschuhfach noch eine alte CD von Bruce Springsteen: *Now the hardness of this world slowly grinds your dreams away, makin' a fool's joke out of the promises we make, and what once seemed black and white turns to so many shades of gray, we lose ourselves in work to do and bills to pay ...* Ich konnte mal das ganze Lied mitsingen.

In Ihrem Büro sah ich kleine Drucke an der Wand hängen. In der unteren Reihe ist ein Mann zu sehen, der ein Gewicht hebt. Er setzt an, stemmt es, setzt es ab und geht. In der oberen Reihe dreht eine Balletttänzerin eine Pirouette, ganz leicht, einfach, gekonnt und frei. Sie erinnert mich an meine Jugend, meine Träume, an das, was ich irgendwann verloren habe. Schwäne ziehen über mich hinweg. Hier können sie nicht landen. Wie schade.«

Sara klickte auf »Senden«.

9

Am späten Nachmittag war sie wieder daheim. Irgendwann war es dann doch vorangegangen. Sie hatte die nächste Abfahrt genommen, ein Café gefunden, war gemächlich über Landstraßen nach Hause gefahren und parkte das Auto.

Auf dem Weg zur Haustür sah sie Lea mit Kreide ein Bild auf den Bürgersteig malen. Sara schaute ihr über die Schulter: eine junge Frau, die Gitarre spielte, lebensgroß, fast wie einer dieser Bravo-Starschnitte von früher.

»Wahnsinn, Lea«, sagte sie. »Das fotografier ich gleich mal. Das darf kein Regen dieser Welt in den Gully spülen.«

Lea sah kurz hoch, suchte dann eine andere Farbe aus und strich damit vorsichtig über die Steine, mal hier, mal dort. Dann stand sie auf und betrachtete die Wirkung. Ihre rechte Hand war malkastenbunt. »Das soll Imke sein«, sagte sie. »Imke kommt von hier. Ich war schon oft auf Konzerten von ihr. Sie ist mein Vorbild.«

»Ach«, eine Spur von Enttäuschung oder gar Spott war in Saras Stimme: »Du möchtest also eines Tages auf der Bühne stehen und ein Star sein.«

»Nein«, empörte sich Lea. »Ich möchte nur gut aussehen. Du doch auch. Richtig in Schale geworfen hast du dich. Und du siehst auch wirklich gut aus.« Und wie selbstverständlich fügte sie noch hinzu: »Ich möchte so mutig sein und Musik machen können wie Imke.«

Sara spürte, wie Leas Worte ihr guttaten. Wie lange war es her, dass ihr jemand das gesagt hatte? »Was denn für Musik?«, fragte sie.

»Am liebsten Klavier. Aber wir haben keins. Und Pa hat andere Sorgen, als über solche Sachen nachzudenken.«

»Hat er denn schon eine neue Arbeitsstelle in Aussicht?«

»Jein«, stöhnte Lea. »Er hat mit seinem Chef gesprochen. Was ist dabei herausgekommen? Pa übernimmt das Restaurant, und der Chef setzt sich zur Ruhe. Noch mehr Arbeit. Unfassbar, nicht?«

»Sicher.« Und ohne lange zu überlegen, fügte sie hinzu: »Bei mir in der Wohnung steht ein Klavier. Da könntest du üben. Wenn dein Vater dir den Unterricht in der Musikschule bezahlt, bei mir könntest du dann üben. Ab und zu.«

Lea sah sie mit großen Augen an: »Wirklich? Das wäre okay für dich?« Dann beugte sie sich über Imke und zwinkerte ihr zu: »Vielleicht kann ich dich später mal am Klavier begleiten.«

10

Gestrandet.

Sara stapfte durch den weichen Sand am Wasser entlang, zur Linken die Ausläufer der Kurpromenade mit Laternen und schummrigen Kneipen, aus denen Musik und Gelächter drang, zur Rechten die See mit kabbeligen Wellen im flattrigen Wind, in der Ferne die Positionslichter eines Schiffes, das sich bald in der Nacht verlor.

Sie setzte sich in einen Strandkorb. Ein Gemisch aus Wut, Verbitterung und Kälte war in ihr. Wie dumm sie gewesen war! Er hatte ihr eine Mail geschickt, ja, mit dem Chef seien die Verhandlungen zu einem guten Abschluss gekommen, er wolle sich bedanken, ein Tag an der See, er hole sie ab und bringe sie zurück. Sie sagte zu. Unterwegs im Benz erzählte er von seiner neuen Position, den Herausforderungen, Frankfurt, was für ein Sprungbrett! Genug, heute wolle er mal nicht an morgen denken. Am Strand dann der Blick in die Runde: »Zugegeben, nicht der Atlantik, nicht das Mittelmeer, aber doch auch ganz schön: The Baltic Sea!« Wer könne ihr an einem solchen Tag widerstehen? Er nicht. Wie Neptun hatte er kraftvoll das Wasser gepflügt. Der Gewichtheber an der Wand. Bis zu den deutschen Meisterschaften habe er es gebracht. Nach einer Riesenportion Eis und einem langen Spaziergang an der Steilküste dann die Überraschung: Sein Haus direkt an der See! Reetgedeckt, von hohen Bäumen umgeben, am Rande eines Weizenfeldes, zum Abschalten, Auftanken, Entwickeln von Ideen und Projekten, die um den Globus gehen. Bücherwände, Bildschirme, Fenster bis zum Boden mit Blick bis zum Horizont. Dieser Flow beim Angeln, wenn er Seeforelle und Lachs jage, gleichsam zur Angelschnur werde, die über das Wasser gleite, zum Köder, zum Haken, der den Fisch unter der Wasseroberfläche sehe, ihn locke, zu sich heranziehe und, beiße er an, nicht mehr loslasse, bis der Kampf zu Ende und der Fisch an Land sei.

Eine Yacht dümpelte am Steg vor sich hin. Sara meinte den Namen »Clarissa« am Heck lesen zu können.

Irgendwann brachte ein Catering-Service das Essen. Sie stöberte in den Bildbänden, die überall herumlagen, während er den Tisch deckte. Porträts von Gerhard Richter. Verwischte, verzerrte, undurchsichtige, rätselhafte Gesichter. Das Titelbild hätte Lea sein können: mädchenhaft zart, lebenssüchtig. Auf Seite 131 dagegen: »Betty«! Wie eine Fotografie, so scharf. Eine Frau, vielleicht in ihrem Alter, mit weißer Kapuzenjacke, rot gemustert, darunter Pinkfarbenes, mit abgewandtem Kopf, ein Porträt, bei dem das Gesicht nicht zu sehen ist, nur der Hinterkopf, die blonden Strähnen im Haar. Wie auf der Flucht, der Blick zurück. Was sieht sie? Woher kommt sie? Das bleibt im Dunkeln.

»Du bist nicht Betty!« Das also hatte ihre Mutter gemeint.

Er war mit Champagner gekommen, hatte von früher erzählt, seinem Studium in Rekordzeit mit »Audienz« beim Prof, er solle das bitte nicht an die große Glocke hängen, weil das ja die ganze Studienordnung in Frage stelle.

»Du redest nicht viel.«

Ob er auch Balletttänzer gewesen sei. Er hatte gelacht, eine Flasche Wein geholt, eingeschenkt und war hinter sie getreten, hatte ihr über das Haar gestreichelt, die Schultern, sich um ihre abwehrenden Gesten nicht gekümmert, etwas von verlorenem Ich erzählt, das er wiederfinden wolle, mit ihr, heute, jetzt! Er habe ihrem Chef noch nichts erzählt von dem, sie wisse schon, dem Kleingedruckten, er würde auch nichts erzählen, wenn ... und außerdem. Er hatte sich zu ihr heruntergebeugt, versucht sie zu küssen, zugleich war eine Hand auf der Suche nach ihren Brüsten.

»Lassen Sie mich!«

Er hatte weitergemacht. Ihr wehgetan.

»Schluss!«

Er hatte nicht gehört, versucht, sich in sie hineinzuwühlen, bis sie ihm ihr volles Glas Wein ins Gesicht geschüttet hatte, aufgesprungen war, im Hinauslaufen den Mantel von der Garderobe gerissen hatte und gerannt war. Gerannt.

»Betty«!

Der Wind hatte sich gelegt. Hin und wieder schwappte eine Welle an den Strand, gleichgültig, müde und satt. Sie schloss die Augen. Stimmen näherten sich. Ein Kichern, Lachen, Tuscheln. Dann plätscherte es. Sie sah vorsichtig um die Ecke des Strandkorbs. Schemenhaft eine Frau und ein Mann, nackt. Sie gingen ins Wasser, tauchten unter, machten ein paar Schwimmzüge und kamen wieder an Land, hüllten sich in ein großes Tuch, flüsterten, küssten sich. Sara zog sich in den Strandkorb zurück und schloss die Augen.

Möwengeschrei weckte sie. Milchiges Weiß lag über dem Wasser. Sie stand auf, dehnte und reckte sich ein wenig und ging auf einem schmalen Sandweg aus dem Ort hinaus. Die gleichmäßige Bewegung tat ihr gut. Sie hatte Lust zu laufen. Aus den einzelnen Vogelstimmen wurde ein gewaltiges Konzert, und sie stellte sich vor, wie dies jeden Tag in der Früh neu um den Erdball kreist, dem Licht, der Sonne zu, die jetzt tatsächlich über dem Wasser zu erkennen war. Wind kam auf. Es roch nach Getreide, nach frisch geschlagenem Holz. Sie schnupperte an Heckenrosen, Fliederbeerblüten, Jasmin. Irgendwo krähte ein Hahn, ein Hund schlug an, mächtig rauschte es im Grün, das sie umgab.

Wie hatte sie all dies vergessen können!

Im nächsten Ort fand sie eine Bäckerei mit frischen Brötchen, Kaffee und freundlichen Worten. Sie beobachtete, wie unaufgeregt hier das Leben begann. Ihr würde gekündigt werden. Gut so. Weg von den großen Schreibtischen. Sie stellte sich ein Leben als Bäckereifachverkäuferin vor. Warum nicht? »Unser täglich Brot« ging immer. Und die Alte hinter dem Ladentisch mit ihrer schnodderigen Lebensfreude hätte sie gern als Mutter gehabt. Probeweise. Vom Bus aus, der sie zur nächsten Bahnstation brachte, sah sie über den Feldern Schwalben im irren Flug, zwei Krähen störten die Kreise eines Bussards. Sie musste sich etwas Neues suchen. Deutschlandweit. Europaweit. Mit ihrer Mutter?

Die Balletteuse im Käfig, ratlos.

Lea saß am Klavier und versuchte sich an Beethoven, Eva machte sich daran, mit dem Elan ihres Möglicherweise-Opas die Welt zu retten.

So viele Anfänge. Ein bisschen BWL, ein bisschen Jura, Immobilien, Führungspositionen. Sie hatte gehandelt mit Häusern und Menschen. Kaufen, verkaufen, kaufen. Ein Haus mit Seeblick, ein Chef mit Durchblick. Zahlen. Das Rad am Laufen halten. Welches Rad?

11

Unter einem Baum im Park stand Lea. Das pinkfarbene Kleid war nicht zu übersehen. Sie bewegte sich nicht. Wie erstarrt stand sie da. Im Halbkreis um sie herum fünf Jungs. Unter ihnen Emil. Sara ging langsam von der Seite aus auf die Gruppe zu und blieb in einiger Entfernung stehen. Einer sprach auf Lea ein. Abgehackt. Beschwörend. Befehlend. Sara verstand ihn nicht. Als Lea gehen wollte, griff einer nach ihrem Arm, ein anderer stellte sich vor sie. Der Sprecher betatschte sie. Sara machte einen kleinen Bogen und stellte sich neben Lea. Die Jungs ließen von ihr ab. Niemand sprach. Sara musterte die Gesichter vor ihr. Bis auf Emil kamen sie nicht von hier. Ost-, Südosteuropa vermutete sie.

»Was wollt ihr von ihr?«, fragte sie. Einer lächelte und sagte abschätzig: »Aah, spielen. Spielen vielleicht.« Die anderen lachten.

»Was macht ihr sonst?«, fragte Sara.

»Deutschland gutes Land«, sagte ein anderer. »Deutsch lernen, arbeiten, Geld verdienen, Familie.«

»Das ist gut«, sagte Sara. »Dann geht mal nach Hause. Holt eure Bücher, lernt Deutsch, seid fleißig!«

»Aah«, ergriff der erste erneut das Wort und wiegte sich ein bisschen in der Hüfte, »ein wenig Spaß muss auch sein.« Er lachte: »Spielspaß. Vielspaß. Spielspaß.« Die anderen stimmten in sein Lachen ein und beruhigten sich wieder. Sara spürte die Spannung, die sich aufbaute, glaubte zu verstehen, dass hier und jetzt die Hackordnung ausgehandelt wurde: Wer beanspruchte welche Position?

Das Spiel begann.

Die Jungs gefielen sich zunehmend in ihrer Rolle. Sie wurden lockerer. Sara merkte, wie sie begannen, sie als Frau wahrzunehmen. Machogebaren, dachte sie. Gleich wird sich hier jemand von Baum zu Baum schwingen, einen Schrei ausstoßen und Lea entführen. »Ich hoffe«, zischte sie, »euer Deutsch reicht aus, mich zu verstehen. Lea steht unter meinem Schutz. Wer ihr auch nur ein Haar krümmt, den mach ich fertig. Den mach ich fertig. Habt ihr verstanden?« Sie blickte jedem einen Moment fest in die Augen, trat einen Schritt zurück, holte ihr iPhone aus der Tasche und machte, ehe jemand reagieren konnte, von der Gruppe ein Foto.

Sie wandte sich um und ging. Lea folgte ihr. Nach einer Weile sprudelte es aus ihr heraus: »Ich traf Emil zufällig vor dem Haus seiner Eltern. Er winkte mich heran. Im Stall könnte er mir etwas ganz Tolles zeigen. Ich könnte auch vor dem Stall stehen bleiben. Er würde das dann holen. Er kam mit einer entsetzlich großen Spinne heraus, einer Kreuzspinne. Er hatte sie auf seiner Hand und ließ sich beißen. Ein bisschen Blut war tatsächlich zu sehen. ›Der Kuss meiner Königin!‹ Ehrfürchtig klang das. Er züchtet nämlich Kreuzspinnen. Im Stall sollen ganz viele sein. Er beobachtet sie, versucht mit ihnen zu reden. ›Spinnen sind die wahren Herren der Erde‹, sagt er. Er verneigte sich vor der Spinne auf seiner Hand und befahl mir, das ebenfalls zu tun: ›Beuge dein Haupt vor diesem Kreuz!‹ Ich hab gesagt: ›Du spinnst doch!‹ und bin gegangen. Unfassbar nicht?«

»Abscheulich«, sagte Sara. »Du brauchst kein Spinnennetz. Du brauchst ein Netz von Menschen, die zu dir stehen. Such dir Freundinnen oder Freunde in der Schule, die den gleichen Schulweg haben, mit denen du etwas unternehmen kannst. Vielleicht ist auch in der Musikschule jemand. Und dann: Lunger hier draußen nicht so allein herum. Und sag mir Bescheid, wenn dich einer wieder belästigt!« Sie waren vor Leas Haustür angekommen. »Demnächst red ich auch mal mit deinem Vater. Er muss ja wissen, was los ist. Und wegen des Klavierspielens sowieso. Aber jetzt muss ich nach Hause. Ich bin müde.«

»Eine Frage hab ich noch«, sagte Lea. »Was bedeutet ›fertigmachen‹?«

Sara stutzte einen Moment. »Ich weiß es nicht, Lea. Es rutschte mir so raus. Es käme wohl auch darauf an, was vorher passiert wäre. Ich hoffe, deine Frage nie beantworten zu müssen. Aber ich steh zu dir.«

12

Die Woche begann grau. Eva zog es wieder nach Hamburg. Immerhin: Der Lärm der Holstenköste war vorbei, Waschmaschine und Staubsauger waren nicht defekt. Sara machte sich danach einen Tee, holte das Foto aus der Schublade und betrachtete es. Vater und Tochter vor Zypressen. Lachende, braungebrannte Gesichter. Dass sie erst vierzehn war, sah man ihr in der Tat nicht an. Auch das mit der Tochter nicht. Osterferien 82. Jugoslawien. Nach Titos Tod brodelte es auf dem Balkan. Vater sollte recherchieren, sich mit Intellektuellen treffen, die Menschen befragen. Würde das Land in Nationalitäten zerfallen? Mutter ging es schlecht. Sie wollte sich untersuchen lassen, allein sein. »Fahr du doch mit deinem Vater!« So machten sie sich auf den Weg. Spätabends waren sie müde in Zagreb angekommen. Breite, leere Straßen, sehr hell, wie in Flutlicht getaucht. Wohnsilos links und rechts. In einer winzigen Küche ein erstes Treffen. Tanja brachte starken, süßen Kaffee, dazu gab es Salami, Paprika, Weißbrot. Sie war Journalistin beim Fernsehen, ihr Mann Professor an der Uni. Durchgescheuerte, dunkle Joppe, graues Haar und sehr wache Augen. Er sprach schnell. Wenn ihm das deutsche Wort fehlte, wechselte er ins Englische. Er erzählte von der Arbeit, die sie in den sozialistischen Weg des Vielvölkerstaates gesteckt hatten, von den UN-Projekten zur Überwindung des Ost-West-Gegensatzes, alles so ernst, so bedeutsam. Sara hatte zum ersten Mal begriffen, dass das auch ihre Welt war, um die es im Fernsehen und in den Zeitungen immer ging. Und dann war sie erstaunt gewesen, wie wichtig ihnen

Vater gewesen war, das, was er sagte und schrieb. Zum Schluss einen Slibowitz.

Nachts auf dem Sofa hatte sie kein Auge zugetan.

Am Tag darauf ging es weiter. Mal übernachteten sie in Hotels, mal bei Freunden. Einer stellte für ein paar Tage seine Ferienwohnung in Opatija zur Verfügung. Vater schrieb seine Artikel, sie lief morgens durch alte Parks, badete in der Adria, abends saßen sie in einem kleinen Restaurant am Hafen und sprachen über das, was er tagsüber geschrieben hatte. Sie hatte sich erwachsen gefühlt. Er war vierzig und sah gut aus. Weltenhungrig. Immer auf der Jagd nach Neuigkeiten, nach *der* Story, *dem* Thema. Viele hielten sie für ein Paar. Zu Hause dann die blasse Mutter.

»Wie geht es dir?«

»Gut, es ist alles in Ordnung.«

Es war der Kirschtortensommer. Die Blässe verschwand, aber ihr Lachen kehrte nicht wieder.

Gegen Mittag fuhr sie zu ihr. Sie saß in ihrem Sessel, ein Buch neben sich. »Ach, du.«

»Lass uns raus! Wir essen bei Fräulein Frieda ein großes Stück Kuchen.«

»Ach nein. Hier unten gibt es einen ganz passablen Cappuccino aus dem Automaten. Wir setzen uns zum Affen.« Sie kicherte und fügte hinzu: »Ad fontes. Zu den Quellen. Vergewissern wir uns unserer Herkunft. Wo kommen wir her?«

Tatsächlich hing in einer großblättrigen Zimmerpflanze am Fenster ein brauner Kuscheltieraffe mit einem fröhlichen Gesicht. Wie ein Akrobat, ein Artist. Mit einer Hand hielt er sich an einem Zweig fest.

Sara holte zwei Becher. »Hui, heiß. Vorsicht. Oh, ein Flügel. Du weißt, dass ich dein altes Klavier bei mir zu Hause stehen habe. Jetzt wird wohl wieder ein Mädchen darauf üben. Ich bin ja nicht weit gekommen.«

Sie waren allein in dem großen Raum. Für das Mittagessen war es noch zu früh. Es roch nach Reinigungsmitteln. Sara pustete über den Milchschaum: »Sag, was hast du gemeint, als du vor Wochen mal vom ›Jahr der blutenden Kirschen‹ gesprochen hast?«

Ihre Mutter saß neben ihr, müde, fast eingefallen wirkte sie. Sie schwieg. Sara ließ ihr Zeit für den langen Weg der Erinnerung. Als sie zu sprechen anfing und Sara sie ansah, erschrak sie fast vor der Härte und Bitterkeit, die sich im Gesicht ihrer Mutter abzeichneten. Es war das, was sie damals beim Griff nach dem zweiten Stück Torte als Verachtung empfunden hatte.

»Während du mit Vater unterwegs warst, habe ich mein Kind, unser Kind abtreiben lassen. Und ich wusste gleich danach, dass es falsch gewesen war. Ich kam nicht damit zurecht. Ich kam nie mehr damit zurecht.«

Sara erschrak und ergriff die Hand ihrer Mutter. »Warum?«, fragte sie schließlich. »Du und Vater, ihr hattet gute Jobs. Ich …«

»Als du 68 geboren wurdest, waren Vater und ich jung. Du warst nicht geplant. Wir studierten. Beide. Das musste organisiert werden. Wir waren überfordert. Auch du.« Ihre Mutter sprach ruhig, stockend, wie von fern. »Du warst neugierig, hast in einer Tour geredet, alles aufgeschnappt und ausprobiert. Ständig die Grenzen getestet. Du warst überdreht. Wie wir alle. In den ersten Jahren kamst du jede Nacht aus deinem Bett angetapert, mit Kuschelmaus und Bettdecke. Wir ließen dich zwischen uns schlafen. Schlafen hieß wälzen, sich drehen, ankuscheln und abstoßen, träumen und fantasieren, hieß für uns: kaum Schlaf. Das war anstrengend. Vor allem vor Klausuren und Prüfungen. Mit Kinderladen und Schule wurde das einfacher. Aber was, wenn du krank warst, wenn du aus der Schule kamst, wenn es Probleme gab?« Ihre Mutter strich sich über die Stirn.

»Du wirst lachen«, sagte Sara, »meine ersten Kindheitserinnerungen hängen mit der Uni zusammen, die vielen Menschen in der Mensa, im Hörsaal, der Geruch von Kreide, Zigaretten, der Lärm. Ich war später immer stolz darauf, erzählen zu können, dass ich schon Vorlesungen gehört habe, bevor ich zur Schule kam.«

Ihre Mutter umfasste den Becher mit beiden Händen: »Mit 37 wollte ich das alles nicht noch einmal. Ich hatte nicht die Kraft. Die Arbeit im Verlag machte mir Spaß. Vater war immer auf dem Sprung. Also? Immerhin: Medizinisch lief alles gut. Aber da war keine Stimme von oben, kein tröstender Arm. Da war nur die Gewissheit: Es war verkehrt gewesen. Im Laufe der Zeit konnte ich keinem Kind mehr unvoreingenommen gegenüberstehen. Auch wenn die Menschen und ihr Tun uns Tag für Tag aufs Neue in die Melancholie und Resignation treiben: Jedes Kind hat ein unbekanntes Potential, dem man eine Chance geben muss. Ich habe mir oft, zu oft das ungelebte Leben meines Kindes vorgestellt. Immerhin, irgendwie ging es weiter.«

Irgendwie, dachte Sara, irgendwie ist zu wenig, um leben zu können.

»Dann hätte ich jetzt einen Bruder oder eine Schwester«, sagte sie laut und ärgerte sich im gleichen

Moment, weil ungewollt ein »Wie schade« mit-schwang.

»Auch das«, murmelte ihre Mutter.

»Sag«, begann Sara, »hättet ihr euch das nicht vorher überlegen können?«

»Ach, mit der Verhütung hatte ich immer meine Probleme. Und dann: Wir waren verheiratet.« Sie lächelte bitter: »Als Virginia Woolf ›Ein Zimmer für sich allein‹ schrieb, ging es ihr natürlich einmal um das Thema ›Frauen und Literatur‹. Aber ich denke, es ging ihr auch darum, dass wir ein eigenes Zimmer haben sollten, um für uns allein sein zu können, um zur Not die Tür abschließen zu können.«

»Hast du deswegen die Kiste mit dem Zahlen-schloss?«, fragte Sara.

Ihre Mutter überlegte lange, dann sagte sie: »Meine Blackbox? Ein paar Fotos hast du ja schon gesehen. Notizen, Briefe, Bruchstücke. Ich muss das mal ordnen!«

Sara strich sich das Haar hinter die Ohren und starrte sie an.

Langsam füllte sich die Cafeteria mit denen, die ein Essen bestellt hatten. Rollatoren wurden abgestellt. Einige kamen im Rollstuhl. Überall hörte man »Mahlzeit!«

Szenen einer Ehe, dachte Sara. Was weiß man als Kind. Man glaubt an die Nähe. In einer Wohnung, in einem Haus zu wohnen. Aber es bedeutet nichts.

Und laut fragte sie: »Wollen wir nach oben gehen?«

»Nein, lass nur. Heute gibt es Fisch mit Brokkoli und Salzkartoffeln. Ich bleibe hier sitzen und esse auch etwas. Geh nur, geh!«

Als Sara aufstand und noch etwas unschlüssig stehenblieb, kamen zwei Grauköpfige mit ihren

Rollatoren auf den Tisch zugesteuert. »Wir setzen uns heute zu Adele, nicht wahr? Vielleicht hat sie wieder Gereimtes auf Lager. Sie kann das so gut aufsagen. Mahlzeit, Adele!«

Sara staunte, sah ihre Mutter fragend an, aber die war schon ganz damit beschäftigt, Messer und Gabel bereitzulegen und die Serviette auf ihrem Schoß auszubreiten.

13

»Es ist fantastisch!« Eva suchte ihre Sachen zusammen, um wieder nach Hamburg zu fahren. »Ole wird auch in Hamburg sein. Ich hab gerade seine Nachricht bekommen. Die brauchen jeden, um die Festung zu verteidigen.«

Sara stand am Fenster und sah in den Regen hinaus: »Und was erhoffst du dir von seiner Anwesenheit?«

»Das richtige Foto natürlich«, sagte Eva. »Wir brauchen Emotionen! Bilder können Geschichte schreiben. Du erinnerst doch bestimmt das Bild des vietnamesischen Mädchens, das weinend, nackt und von Napalm verbrannt mit anderen Kindern aus einem brennenden Wald auf den Betrachter zuläuft. Dieses Bild half, den Vietnamkrieg zu beenden. Oder das Foto des kleinen kurdischen Jungen am Strand eines türkischen Badeorts, auf der Flucht vor dem IS ertrunken und angespült. Es hat die Einstellung gegenüber Flüchtlingen verändert.«

»Willst du dich zur Märtyrerin im Kampf für eine gerechte Welt machen?«, fragte Sara.

»Nein!« Eva trank ihren Becher Kakao leer, stellte ihn ab und gab sich kämpferisch. »Aber stell dir mal folgende Situation vor: Ich rage aus der Menge der Demonstranten heraus, schreie meine Anklagen, meine Wut, meine Verzweiflung in die Mikrofone. Dann werden wir von der Polizei brutal zurück-gedrängt, ich werde als vermeintliche Rädelsführerin zusammengeschlagen, liege blutend am Boden. Da sieht Ole mich. Er, ein Mann in Uniform, hilft mir, schreit seine Kameraden an aufzuhören, wechselt vielleicht sogar die Seiten, reißt sich den Helm vom

Kopf. Alles gefilmt, alles blitzschnell im Netz, weltweit zu sehen. Was da möglich ist!«

»Also doch! Du spinnst ja.« Sara wunderte sich über ihre Ruhe. »Meinst du, damit rettest du die Welt? Meinst du, da sitzt jemand im Strandkorb an der Ostsee, sieht euer Bild in der Zeitung, packt die Sonnencreme wieder ein, fährt nach Hause und macht Revolution?« Der Regen prasselte auf Straße, Autos, Regenschirme. Jemand presste sich in einen Hauseingang. »Bilder, Emotionen. Ich denk da an meine Eltern Ende der 60er, Anfang der 70er, an das Bild vom erschossenen Benno Ohnesorg, an Porträts von Mao oder Che Guevara, Ikonen des Protests gegen das vermeintlich Böse, auf jeder Demo zu sehen. Ches Ziel: ›Schaffen wir zwei, drei, viele Vietnams‹. Wie viele junge Menschen weltweit sind durch diese Bilder – mit der entsprechenden Musik unterlegt – bestärkt worden, sich dem Kampf anzuschließen, voller Illusionen über die Machtverhältnisse und die Komplexität von Wirklichkeit. Denn was war zum Beispiel auf Kuba los? Von der Kulturrevolution in China ganz zu schweigen. Als Che bereits mit seiner kleinen Gruppe von der bolivianischen Armee umzingelt war, glaubte er immer noch, sein Kampf sei Ausgangspunkt eines weltumspannenden Krieges, der dem nordamerikanischen Imperialismus den Todesstoß versetzen würde. Lächerlich. Wenige Tage später war *er* tot, der ›Erlöser‹ aus dem Dschungel. Aber wie viele Biografien junger Menschen hat er, hat das Bild, das von ihm gezeichnet worden ist, beeinflusst? Ich könnte dir Lebensgeschichten von Freunden meiner Eltern erzählen, die aus Illusion, Fanatismus und

Rechthaberei im Gefängnis oder in der Psychiatrie gelandet sind.«

»Aber man muss doch etwas tun!« Eva ging in der Küche auf und ab. »Merkst du nicht, wie wir alle für dumm verkauft werden! Die einen feiern die Ehe für alle mit Konfetti, als ob sie die Grundlage allen Glücks auf Erden sei. Guck ich mich um, bin ich nicht zwangsläufig davon überzeugt. Die anderen gehen in den Wahlkampf mit dem absoluten Burner, das Kindergeld um ganze 20 Euro zu erhöhen. Und laut ›Bild‹ sind wir nach ein paar gewonnenen Fußballspielen nicht mehr nur *Papst* wie vor einigen Jahren, sondern mehr, nämlich *alles*! An den wirklichen Problemen geht das doch wohl vorbei. Oder? Das ist doch Verarsche! Alle, gut, fast alle versuchen ihre egoistischen Macht- und Geldinteressen durch die Krisen zu bringen und wollen nicht wahrhaben, dass wir uns auf einer Reise in den Abgrund befinden. Wenn wir es nicht schaffen, das System zu versenken, saufen wir alle ab! ›Keep calm and carry on‹ ist da doch wohl ein bisschen absurd. Oder?«

Das Telefon läutete. Sara ging ins Arbeitszimmer und kam kurze Zeit später wieder. »Es war Lea, von der ich dir erzählt habe. Ich wollte mal mit ihrem Vater sprechen, und sie hat mir gerade gesagt, dass es jetzt ganz gut passt. Ich geh gleich mal rüber. Wir reden später weiter. Bitte, pass auf dich auf. Tu nichts Unüberlegtes.«

»Nein, nein«, lachte Eva. »Du weißt ja: Lieber tanz ich als G20!«

Auf dem Absatz im Treppenhaus blieb Sara stehen. Sie schaute nach draußen. Es wurde weniger mit dem Regen. Auf dem Fensterbrett stand ein kümmerliches Pflänzchen. Es war ihr noch nie aufgefallen. Harte, rissige Erde, knochentrocken. Der, der es vor langer Zeit einmal dort hingestellt hatte, musste es vergessen haben. Sara wusste nichts über das Seelenleben von Pflanzen, aber sie konnte nicht umhin, die Möglichkeit in Betracht zu ziehen, dass diese hier auch den Regen mit angesehen hatte. Wie musste sie sich fühlen! Und was musste in ihr vorgehen, wenn sie spürte, dass ein Mensch, ein möglicher Helfer, sie in den Blick genommen hatte, ihr Elend wahrnahm und dann die Treppe hinuntergehen, die Haustür öffnen, auf die Straße treten und die Tür ins Schloss fallen lassen würde. Sara nahm den Topf, trug ihn nach oben, ging wortlos an Eva vorbei auf den Balkon, stellte ihn dort ab, holte einen kleinen Eimer mit Wasser und tauchte die Pflanze hinein.

Als sie sich an der Wohnungstür noch mal umwandte, sah sie, wie Eva sich über den Eimer beugte: »Nun betrachte das hier bitte schön mal objektiv, sozusagen ganz rational. Ein Stock in einem Eimer mit Wasser. Was glaubst du, wer von uns beiden auf dem Weg in die Klapse ist?«

14

Lea öffnete die Tür. Sie hatte sich schick gemacht. Die weiße Bluse betonte das Schwarz ihrer Augen und ihres Haares. Sara hatte das Gefühl, sie habe sich sogar ein wenig geschminkt. »Pa kommt gleich. Er ist noch im Bad«, krächzte sie. War sie aufgeregt? »Ich zeig dir schon mal die Wohnung.«

Der Flur war klein und dunkel. Rechts gingen Bad und Küche ab. Gegenüber das Schlafzimmer ihres Vaters und ihr Zimmer. An den Wänden Zeichnungen, Karikaturen. Sara staunte. »In der Schule langweile ich mich oft«, sagte Lea.

Als Sara genauer hinsah, musste sie lachen: »Einige Lehrer kenn ich noch aus Evas Zeit. Wahnsinn, wie du sie getroffen hast.«

»Und witzig ist auch«, sprudelte es aus Lea, »dass ich beim Zeichnen Musik höre. Irgendeine unbekannte, ferne, fremde Musik läuft da im Innern ab.«

Auf dem Boden lag überall etwas herum: Wäsche, Bücher, Schuhe. Nach hinten, zum Balkon hinaus, ein größeres Zimmer. Vor dem Fenster zwei Tische mit Laptop, Drucker, Stapeln von Papier, Kontoauszügen, Rechnungen, Briefen. An einer Wand Regale mit Kochbüchern, Harry Potter, Krimis. Mittendrin: ein aufgeklappter Wäschetrockner. Sara fühlte sich verloren. »Das Büro«, hörte sie Lea. »Unfassbar, nicht?«

»In meiner Küche sieht es anders aus!« Sara drehte sich um. Leas Vater war deutlich jünger als sie, natürlich, hatte dunkle Haare wie Lea, aber bereits mit vielen grauen Strähnen durchsetzt und lockig. Auch auf den Armen und der Brust kräuselte es sich. »Hi,

ich bin Andreas.« Er hatte einen festen Händedruck.
»Möchten Sie einen Kaffee? Ein Stück Kuchen?«
Während sie sich auf den Balkon setzte – der Regen
hatte aufgehört, es war sommerlich warm, neben ihr
die Krone eines Walnussbaumes –, brachten Lea und
ihr Vater selbstgebackenen Kuchen und Kaffee.
»Köstlich«, sagte Sara.
Er hatte blaue Augen, sah mal sie, mal Lea, mal den
Walnussbaum an, immer öfter aber sie. Er hatte etwas
Hilfloses, Naives, fast Kindliches, als ob er sich stets
aufs Neue wunderte, wie er auf diese Welt, an diesen
Ort, zu diesen Menschen gekommen war.
Er sprach von seiner Leidenschaft, dem Kochen, wie
er dazu gekommen sei und wo überall er es gelernt
habe, und fragte Sara nach dem, was sie so mache. Sie
erzählte von der Kündigung und ein wenig auch von
ihrer Suche nach etwas Neuem, kam damit aber nicht
sehr weit.
Der Walnussbaum strahlte Ruhe aus. Warum erinnerte
er sie an Juli, ihre beste Freundin aus der Jugend?
Wann hatte sie das letzte Mal von ihr gehört? Was
war aus ihr geworden?
Als sie wieder hineingingen, weil Andreas ins
Restaurant musste – über Emil, die Jungs und das
Klavier hätten sie wohl noch endlos reden können –,
blieb er kurz vor den Tischen stehen. Mit einem
Lineal stocherte er hilflos in dem Stoß von Papieren
wie in einem Essen, das nicht mehr zu retten war; was
Lea in die alle bedrückende Stille hinein fragen ließ,
ob nicht sie, Sara, Lust habe, hier für Ordnung zu
sorgen. Sara lächelte, verabschiedete sich von
Andreas und ließ sich von Lea zur Tür bringen. Die
aber ging mit ihr die Stufen hinunter bis auf die
Straße. Dort sagte sie: »Vielen Dank, dass du

gekommen bist. Pa und du. Es war, als hättet ihr zwei Gespräche geführt. Eins mit Worten. Und eins irgendwie anders.«

15

Nachdenklich ging sie nach Hause. Auf dem Balkon stand noch ein halber Sack Blumenerde. Sie topfte die Treppenhauspflanze um und begoss sie. In der Wohnung war es still. Es war gut, hier zu sein. Sie setzte sich an den Arbeitstisch. Vor ihr lag das Kündigungsschreiben.

Wie weiter und wohin? Wer bin ich und was will ich noch? Walnussträume von damals. Ja, in einer Ecke des Schulhofs hatte ein großer Baum gestanden. Sie googelte Julis Mädchennamen, fand aber nichts. Dann öffnete sie die Datei mit ihrem Lebenslauf: Was musste ergänzt oder verändert werden? Spezialistin im Anfangen. Woher kam dieses Suchen, diese ewige Unruhe? War sie einfach nicht gut genug, ein Studium zu beenden, einen Job so zu machen, dass alle sie haben wollten? War es fehlende Motivation, die Suche nach einem tieferen Sinn, der hohe Anspruch, für etwas brennen zu wollen? Die Unfähigkeit, lediglich auf einen Feierabend, einen Urlaub hin zu arbeiten? Mit Anton zusammen hätte sie sich mehr um Eva kümmern können. Dann wäre aus ihrer Tochter vielleicht keine Jeanne d'Arc geworden. Aber wie »Clarissa« am Heck einer Yacht vor sich hin dümpeln, während Anton sich im Haus an andere Frauen heranmacht?

Sie begann in den Schubladen nach Spuren ihres Lebens zu suchen für eine neue Bewerbung, ein neues Ziel. Die Schwimmscheine konnten weg. Der Konfirmationsspruch: »Und Jahwes Rede geschah zu Jona: Mach dich auf! Komm, nach Ninive, der großen Stadt, und rufe wider sie aus, dass hinaufgestiegen ist ihre Bosheit vor mein Antlitz. Da machte sich Jona auf – zu fliehen!«< Sie erinnerte sich nicht, wie es zu diesem Spruch gekommen war. Sie hatte nichts gehört und fragte sich zum wiederholten Mal, warum sie nicht aus der Kirche austrat.

Darunter lagen das Abizeugnis und ein Umschlag mit der Aufschrift »Für Sara zum bestandenen Abitur«. Sie öffnete ihn. Ein Ring fiel heraus. Es dämmerte. Ja, da war noch ein Brief. Sara stand auf, trat ans Fenster und las ihn: »Als du von der Grundschule zum Gymnasium wechseltest, machten wir beide eine Fahrt nach Paris. Wir wohnten in einem kleinen Hotel in der Nähe von Notre Dame. Neben Sightseeing ging es mir um die französische Übersetzung meines Buches über Simone Weil.«

Sara erinnerte sich. Wie musste es auf ihre Mutter gewirkt haben, als ihr vor ein paar Monaten der Name fremd vorgekommen war?

»Wir waren viel im Verlag. Für dich war alles schwierig, weil du noch wenig Französisch sprachst. Wir trafen uns dann auch mit Simone de Beauvoir. Ich bat sie, ein Nachwort zu schreiben, einen kleinen Beitrag, wie sie die fast Gleichaltrige sah. Obwohl die Beauvoir müde, eigentlich erschöpft von der Pflege des todkranken Sartre war, zog sich unser Gespräch bis in den Abend. Ich erzählte ihr auch von meiner Idee für die Promotion: ›Gretchen und Faust. Eine ganz andere Geschichte‹. Sie war begeistert. Aus meiner Unikarriere ist nichts geworden, schon das Thema wurde nicht akzeptiert. Aber als wir mit der Beauvoir zusammen waren, hing der Himmel voller Geigen. Beim Abschied umarmte sie mich, streifte spontan diesen Ring von ihrem Finger und schenkte ihn mir. ›Simone‹ ist eingraviert. Sie lachte, somit sei dieser Ring gleichermaßen ein Geschenk von zwei

Frauen. Ich denke, dass es ein guter Zeitpunkt ist, den Ring jetzt an dich weiterzureichen.«

Sara sah lange aus dem Fenster. Dann holte sie den Ring und streifte ihn über. Er passte.

Bilder eines ganz anderen Lebens schmerzten sie.

Sie musste hinaus. Wind war aufgekommen. Herbstmelancholie. Als sie Richtung Park ging, hatte sie plötzlich das Gefühl, beobachtet zu werden. Ziellos ging sie durch die Straßen. Ihr fiel niemand auf. Dennoch war sie froh, wieder in ihrer Wohnung zu sein.

16

Die Tage über sah sie sich Stellenangebote an, putzte die Wohnung, kaufte ein oder ging spazieren. Schließlich schaute sie wieder bei ihrer Mutter vorbei.

»Du trägst den Ring, wie schön!«

»Er muss dir viel bedeutet haben. Heute wundere ich mich, dass du ihn mir damals geschenkt hast.«

»Wem sonst als dir.«

Sie schlenderten ein wenig Richtung Brachenfelder Gehölz. »Klosterstraße!« Ihre Mutter lächelte. Sara hakte sie unter: »Ist es eigentlich so, dass ich deiner Ansicht nach ein ganz anderes Leben hätte führen sollen? Entweder Kloster oder Uni, Äbtissin oder Professorin oder beides zugleich. Ist es so, dass das ›Sei du selbst!‹, das du mir neulich zugerufen hast, nur ein ›Sei, wie ich gern geworden wäre!‹ war?«

Lange schwieg ihre Mutter. Sie gingen schon wieder zurück, an der Schule vorbei, als sie endlich antwortete: »Du magst recht haben. Vielleicht ist es so, dass ich meinte, die Dinge, die mir wichtig sind, müssten auch dir wichtig sein. Oder dass meine Sicht der Welt doch auch irgendwo bei dir zu finden sein müsste. Obwohl du ja ganz andere Erfahrungen gemacht hast. Oder einfacher: Ich bin ich, und du bist du.« Und als sie wieder auf den Eingang der AWO zusteuerten, fügte sie noch hinzu: »Und doch verbindet uns ja zweierlei: Ich bin deine Mutter, und wir sind beide Frauen.« Sie blieb stehen und wandte sich ihrer Tochter zu: »Allerdings: Ich bin eine alte Frau und vielleicht schon gar nicht mehr so richtig da. Das ist bei dir anders. Ganz anders.«

Bevor Sara darauf etwas antworten konnte, kamen einige Damen mit Rollator und fragten ihre Mutter, ob heute wieder so ein Abend sei.

»Ja, ja. Ich denke schon«, sagte diese. Und zu Sara: »Geh nur, geh! Gleich gibt es hier Essen und dann kann ich nicht mehr für deine Sicherheit garantieren.«

Auf dem Weg nach draußen hörte sie noch, wie jemand etwas von 21 Uhr sagte.

Wie von ungefähr schaute sie abends wieder vorbei. Es dämmerte. Schon von außen sah sie Kerzenlicht auf dem Flügel, an den Tischen alte Damen. Im Gang parkten die Rollatoren. Möglichst unauffällig setzte sie sich in eine Ecke. Am Flügel erkannte sie ihre Mutter. Sie spielte flüchtige Improvisationen von »As Time Goes By«, immer langsamer, leiser, bis auch die letzten Gespräche verstummten. Dann stand sie auf, stellte sich vor den Flügel und blickte einmal in die Runde. Eine zierliche alte Dame in weißer Bluse und langem dunklen Rock. Doch ihre Stimme war klar und noch ganz hinten gut zu verstehen:

> »Wär ich ein Mann doch mindestens nur,
> So würde der Himmel mir raten;
> Nun muss ich sitzen so fein und klar,
> Gleich einem artigen Kinde,
> Und darf nur heimlich lösen mein Haar,
> Und lassen es flattern im Winde!

Annette von Droste-Hülshoff dichtete vor rund 150 Jahren diese Zeilen, in denen der ganze Frust ihres Lebens als Frau zum Ausdruck kommt. ›Wär ich ein Mann doch mindestens nur‹. Möchten wir das sein?«

Sara hörte hier und da ein ablehnendes, kurzes Grummeln.

»Bedenken wir«, begann sie von neuem, »eine der größten Geißeln der Menschheit ist der Krieg. Der Krieg aber hat ein Geschlecht. Er ist männlich. Vor allem Männer führen Kriege mit all den Opfern und Zerstörungen. Das Leid jedoch kennt kein Geschlecht und kein Alter, wenngleich vor allem Frauen und Kinder es zu tragen haben.«

Ein kurzes »Yeah« ging durch die Reihen. Es erinnerte Sara an Unterhaussitzungen in Großbritannien.

»Gewalt scheint vor allem Bestandteil des Männlichen zu sein«, fuhr die Rednerin fort. »Rund 25 Prozent der Frauen im Alter von 16 bis 85 Jahren haben mindestens einmal in ihrem Leben körperliche bzw. sexuelle Gewalt durch den Partner erlebt: schubsen, ohrfeigen, schlagen mit Gegenständen, verprügeln, sexuell nötigen, vergewaltigen, ermorden. Zahlen? 331 Frauen wurden 2015 durch ihren Partner totgeschlagen, fast 80 000 vorsätzlich am Körper verletzt!«

Empörte Zwischenrufe aus dem Publikum. Einige blieben jedoch auffallend still und senkten den Kopf.

»Hinzu kommt: Prostitution ist überwiegend weiblich. Vage Schätzungen gehen in Deutschland von 400 000 Prostituierten aus. Ob diese Frauen das gern tun? Schauen wir uns die Männer an, denen wir auf Straßen und Plätzen, in Zügen und Cafés begegnen. Ob die Frauen gern mit ihnen ins Bett gehen?«

Sie holte dann etwas weiter aus, erinnerte an das, was sie in den letzten Wochen ausführlicher dargestellt hatte, sprach von Hexenverfolgungen und der Stellung der Frau in der Kirche, immer unterbrochen durch kurze Kommentare aus dem Publikum, und kam zum Schluss: »Seit Jahrhunderten kämpfen Frauen darum, dass sie endlich in ihrem Menschsein akzeptiert werden. Vor fast 200 Jahren verfasste Olympe de Gouges eine Erklärung der Rechte der Frau, nachdem die großen Revolutionäre in Paris in ihrer Erklärung der Rechte des Menschen selbstverständlich nur an den Mann gedacht hatten. Olympe de Gouges kam unter die Guillotine!«

Wieder kurzes empörtes Grummeln.

»Das ist heute dank des langen Kampfes der Frauen anders. Aber es gibt noch viel zu tun. Auch im Kleinen. Müssen wir uns eigentlich in diesem Saal die jämmerlichen Männerfiguren da an der Wand Tag für Tag ansehen? Diesen ›Bücherwurm‹, der sich wahrscheinlich nicht mal sein Frühstücksbreichen kochen kann? Oder den ›Armen Poeten‹? Ob er das Bettzeug auch mal wäscht, in dem er Tag und Nacht zu hausen scheint?«

»Spitzweg muss weg. Spitz muss weg!«, rief die Menge. Von links kam »Adele, Mandele, Mandelaaa!«

»Gibt es nicht mitreißende, hinreißende Bilder von Frauen? Gründen wir auf der Stelle eine Gruppe, die sich morgen um 10 Uhr hier trifft und Vorschläge macht für neue Bilder! Wer kommt?«

Sara sah keine Hand, die unten blieb.

Ihre Mutter rief: »Bis morgen dann! Und nächstens mehr. Chak!«, setzte sich wieder an den Flügel und begann die »Marseillaise« zu spielen.

Die Frau neben ihr antwortete mit einem »Chak!«, ballte eine Faust und machte eine ruckartige Armbewegung.

74

Sara kam nicht umhin, sie zu fragen, ob das hier tatsächlich morgen früh weitergehen werde. Sie winkte ab: »Im kleinen Kreis schon, aber viele kommen auch nicht. Die haben das bis dahin vergessen. Abends ist das was anderes. Da sind alle ganz aufgeregt. Die Pflegerinnen singen mit uns ja ›Hänschen klein‹ oder ›Alle Vögel sind schon da‹. Als ob wir kleine Kinder wären!«

Vom Gang her kam eine Nachzüglerin mit ihrem Rollator: »War heute wieder ›Heidenröslein‹?«

»Nein, nein«, kam die Antwort. »Heute kam die Droste«.

»Ach! War das ›Dann stech ich dich, stech ich dich‹ das letzte Mal nicht schön?«, rief sie und machte mit dem rechten Arm eine Bewegung, als habe sie einen Degen in der Hand und den wilden Knaben direkt vor sich liegen.

Es dauerte, bis jede ihren Rollator gefunden hatte und sich alles aufzulösen begann. Sara ließ sich nach draußen treiben. Hinter ihr sagte ein Alter: »Je öfter ich ihr zuhöre, desto mehr fühl ich mich auch als Frau.«

Draußen rief Sara ein Taxi und ließ sich bis vor die Haustür fahren. Sie hätte jetzt gern mit jemandem über alles gesprochen. Nachdem sie bezahlt hatte und das Taxi losgefahren war, stand sie vor der Haustür und suchte den Schlüssel. Ihre Umhängetasche war geräumig. Sie liebte diese Tasche, in der alles war, was sie brauchte. Nur im Moment nicht der Schlüssel. Und den brauchte sie. Dringend. Denn die Straße hinunter sah sie zwei Männer kommen. Es war schummrig. Das »Baveran« war schon dicht. Sie war allein. Endlich fand sie ihr Schlüsselbund, aber der Haustürschlüssel fehlte! Er war nicht dran. Wo könnte er sein? Sie suchte in den Hosentaschen, sie fühlte den Beutel noch mal durch. Nichts! Die Männer kamen näher. Sie waren jung, und sie waren schwarz! Sollte sie um die Ecke zum Taxenstand laufen? Lächerlich! Sara. Reiß dich zusammen. Der Schlüssel musste … Oder war er im Taxi … Nein, sie hatte die Tasche auf dem Schoß gehabt. Wer hat Angst vorm schwarzen Mann? Sie kippte den Inhalt auf der Stufe aus und kniete sich davor. Er musste doch … Da merkte sie, dass die beiden neben ihr stehen blieben, und sie kniete wie doof vor dem Eingang mit dem ganzen Innenleben ihrer Tasche.

»Helfen?«, fragte schließlich der eine und lächelte.

»Nein, nein«, sagte sie. »Danke!«

Die beiden gingen weiter. Und da lag auch der Schlüssel. Er hatte sich vom Bund gelöst. Noch zittrig sammelte sie alles ein, stand auf, öffnete die Tür und ging nach oben.

17

In den folgenden Wochen hatte Sara sich bemüht, die abendlichen Treffen nicht zu verpassen, hatte still hinten in ihrer Ecke gesessen, zugehört, sich amüsiert, wenn ihre Mutter bestimmte Konjunktionen häufiger gebrauchte, sie unter einem Lockenkopf einen Mann mit Perücke vermutete oder ihr einer zuflüsterte: »Ich bin auf eurer Seite.«

Und es gab ja auch Widersacher. Hartnäckig ging ein Alter mit langen grauen Haaren, die hinten zu einem Zopf zusammengebunden waren, während des Klavierspiels einmal an den Reihen entlang und zeigte die Schrift auf seinem T-Shirt: »Lieber verrückt als eine von euch!« Die meisten sahen durch ihn hindurch. Aber es konnte passieren, dass ihm eine drohende Faust entgegengestreckt wurde, sodass Sara jedes Mal fürchtete, jemand könnte ihm ein Bein stellen.

Aber nun war es Zeit, mal wieder miteinander zu reden. Als sie auf den Eingang zuging, sah sie, dass beim AWO-Schild das W durch ein P ausgetauscht worden war. Sie schmunzelte. Wahrscheinlich hatte das von der Leitung noch niemand bemerkt. Ihre Mutter zupfte Unkraut am Kräuterbeet: »Schön, dass du gekommen bist. Ich freu mich auch jedes Mal, wenn du abends da bist.«

»Du hast es bemerkt?«

»Natürlich. Du fällst doch auf. Schlimm, wenn es nicht so wäre.« Die Alte streifte die Handschuhe ab und hakte sie unter: »Komm, wir setzen uns in den Schatten der Kastanie. Wenn du etwas trinken möch-test, sag bitte Bescheid. Du merkst, die weisen Frauen nehmen Fahrt auf. Die Bibliothek ist die Keimzelle unserer Bewegung.«

»Die Bibliothek?«

»Na ja. Noch sind es ein paar Bücherreihen. Aber das bauen wir aus. Hinten links werden die Computer stehen, mit denen wir uns eine Website als ersten Anlaufpunkt einrichten. Mittelfristig müssen wir eigene Sendungen und Beiträge ins Netz stellen. Die eigentliche Bibliothek dient Vorträgen, Diskussionen und der Planung von Aktionen. Anfragen liegen vor, auch in anderen APO-Häusern aktive Zellen zu bilden.« Ihre Mutter stand auf: »Ich lass uns mal einen Kaffee bringen. Den können wir jetzt beide gut ab.« Sie verschwand kurz und setzte sich wieder. Sara merkte, wie wohl sich ihre Mutter fühlte. »Du setzt ja einiges in Gang«, sagte sie.

»Nun ja«, die Alte nahm den Becher Kaffee, der von einer Pflegerin gebracht wurde, dankte und fuhr fort: »Sieben Säulen stehen in der Bibliothek. Sie stehen für die sieben Tage der Schöpfungsgeschichte.«

»Also so etwas wie eine zweite Schöpfung?«, fragte Sara. »Eine Frauenschöpfung!«

Ihre Mutter beugte sich vor und flüsterte: »Schau mir in die Augen, Sara, ehrlich, hältst du mich für verrückt? Du weißt, Hölderlin lebte zum Schluss im Turm bei der Familie Zimmer am Neckar. Bis heute streiten sich die Gelehrten, ob das, was er in diesen 35 Jahren geschrieben hat, ernst zu nehmen ist. Gilt das nicht auch für mich? Adele am Wasserturm. Sag, nimmst *du* mich ernst?«

Sara strich ihr über den Arm: »Ich denke, du passt absolut in die Mitte dieser Gesellschaft. Du hast eine Vision. Du arbeitest hart dafür, sie zu verwirklichen. Du tust nichts Illegales. Und du hast Unterstützer.

Aber was bedeutet dieses ›Chak‹, das ihr euch am Ende zuruft?«

»Ach, das ist vergleichbar mit dem ›Chi‹ oder dem ›Tao‹. Die Hinduisten nennen es ›Chak‹. Ein Energiezentrum, das ich für unsere Zwecke zu mobilisieren suche. Irgendwoher muss die Energie ja kommen. Und wenn ›Vaterunser‹ oder das Likörchen nicht mehr helfen …«

»Ja«, seufzte Sara. »Woher nehmen wir die Kraft? Da finde ich deine Freitagsreihe interessant: ›Küsse in der Weltliteratur‹. Ich meine Virginia Woolfs Mrs. Dalloway, die sich bei der Vorbereitung einer Abendgesellschaft vor dem Spiegel des köstlichsten Augenblicks ihres ganzen Lebens bewusst wird, als sie als junge Frau von ihrer Freundin Sally plötzlich auf den Mund geküsst worden ist. Ich habe das Buch gleich gekauft und gelesen. Die Sally hat mich stark an Juli erinnert. Erinnerst du dich? Wir sind zusammen zur Schule gegangen.«

»Jaja. Natürlich.«

»Wir haben uns völlig aus den Augen verloren. Ich weiß nicht warum. Und ich weiß auch nicht, wo sie abgeblieben ist.«

»Aber ich weiß es.«

»Du?«

»Ja, ich denke schon.« Ihre Mutter lachte. »Wir haben eine Zeitlang Kontakt gehalten, als ich noch im Verlag gearbeitet habe. Sie wohnt in der Nähe von Münster. Ich such dir nachher die E-Mail-Adresse raus.« Nach einer kurzen Weile fügte sie hinzu: »Ja, diese Clarissa-Stelle. Bei Hölderlin heißt es: ›Einmal lebt ich, wie Götter, und mehr bedarfs nicht‹. Ein solcher Moment ist dieser Kuss für Clarissa, und er scheint ihr in der Tat für ihr ganzes Leben zu reichen.«

Eine Frau in Saras Alter kam durch den Garten zu ihnen. Gepflegtes, vielleicht etwas zu streng wirkendes Äußeres. Sie strahlte, als sie mit leicht polnischem Akzent rief: »Adele! Ich hab mal recherchiert, ob es Organisationen weiser Frauen gibt. Und siehe da: Es gibt die Internationale der Weisen Frauen, kurz IWF. 1944 in Washington gegründet. Seit 2011 von einer Christine Lagarde aus Frankreich geleitet.«

»Chak!«, rief ihre Mutter und erhob sich. »Washington! Haben wir heute nicht den 4. Juli, den Unabhängigkeitstag der USA? Und Christine. Herrlich: von Christus zu Christine. Wie folgerichtig.« Sie umarmte die Überbringerin dieser frohen Botschaft: »Sie sind ein Engel. Arrangieren Sie ein Treffen mit Christine. Vielleicht können wir kooperieren. Du siehst, Sara, die Dinge kommen voran. Übrigens: Waren die Leute vom Fernsehen schon da?«

18

Sara liebte die Ruhe des Walnussbaumes. Seine Blätter waren spät gekommen, sie würden im Herbst welken, fallen, verschwinden. Eichhörnchen und Krähen würden sich über seine Früchte hermachen, ihn bis aufs nackte Holz plündern. Es war ihm gegeben, dies alles mit Gleichmut zu ertragen. Doch wie grün war er jetzt! Und wie hatten sich Andreas und Lea gefreut, als Sara zugesagt hatte, seinen Schreibtisch aufzuräumen! Saß sie hier, konnte Lea auf dem Klavier üben. Mit einer Pinzette trug Sara Blatt für Blatt ab, sortierte, legte Ordner an, arbeitete sich, einer Archäologin gleich, bis auf den Grund der Schubladen. Hatte sie Fragen, musste etwas unter- schrieben werden, sprach sie sich mit Andreas ab. Welch ein Weg, über Kontoauszüge, Rechnungen, Steuern, Versicherungen Einblicke in das Leben eines anderen zu gewinnen! Und bald schon übernahm sie die Warenbestellung, die Bezahlung der Mitarbeiter, machte Vorschläge für die Speisekarte.

… und als sie einmal auf dem Balkon stand und mit den Händen durch die Blätter des Baumes strich, drängten sich Erinnerungen aus der Schulzeit auf, Gespräche mit Juli auf der Bank unter der Walnuss in der Ecke des Schulhofs. Nähe, Freundschaft und ein klein bisschen mehr. Auf einer Party waren sie irgendwann in der Nacht in einem der Zimmer zurückgeblieben. Durchs Haus sang Stevie Wonder sein »I Just Called to Say I Love You«. Juli stand auf, ergriff ihre Hand und zog sie zu sich heran. Sie tanzten. Erst im Rhythmus der Musik. Dann wurde Juli immer langsamer, wiegte sich nur noch leicht in den Hüften, nahm ihren Kopf und küsste sie. Auf ihre geschlossenen Augen, auf die Stirn, auf ihren Mund. Schüchtern, zart, dann fordernder, leidenschaftlicher. Und Sara, die zunächst erstaunt und wie ein Kind alles hatte über sich ergehen lassen, als sei es das erste Mal, öffnete den Mund, kam ihr entgegen, streichelte sie, spürte das Zittern und Beben, das wie in Wellen durch ihren Körper ging, und erwachte jäh, als im Zimmer nebenan die Musik verstummte. Draußen hupte jemand zum Abschied. Sie lösten sich voneinander. Wie im stillen Einvernehmen suchten sie ihre Sachen zusammen, verabschiedeten sich – »Ach, ihr zwei seid ja auch noch hier!« – und gingen Hand in Hand nach Hause. Über den Weinbergen das frühe Rot des Himmels, um sie herum das Morgenkonzert der Vögel. Weder am folgenden Tag noch später waren sie jemals auf all das zurückgekommen.

Kurz darauf fuhr sie für ein Wochenende zu Juli. Ja, die E-Mail-Adresse stimmte noch. Sie war Lehrerin für Mathe und Geschichte an einem Gymnasium. Sara spürte die Aufregung, eine gespannte Vorfreude, eine Erwartung auf etwas hin, was sie nicht hätte benennen können. Dann das schnelle Erkennen auf dem Bahnsteig, das Umarmen. Wie vertraut alles war: die raue Stimme, das krause Haar, das Gesicht, die Art, wie sie sich bewegte. Sie lachten, als sie erkannten, dass sie beide lachsfarbene Hosen der gleichen Marke trugen.
Ihre Wohnung lag im ersten Stock. Balkon nach Süden mit Blick über Feld, Wald und Wiesen. Großes Wohn- und Arbeitszimmer, Bücher über Bücher. »Ich brauche viel Platz zum Vorbereiten, Korrigieren, den ganzen Kram. Da ist das Badezimmer, Küche, Schlaf-

und Gästezimmer. Was möchtest du jetzt machen?«
Alles war sehr hell, zweckmäßig, schnörkellos.
Über dem Schreibtisch stand: »Die Zukunft ist das
Ergebnis unserer Wahl (Ariadne von Schirach)«.
Nachdem Sara sich kurz frisch gemacht hatte, gingen
sie los. »Ich muss mich nach der langen Fahrt
bewegen.« An der Innenseite der Haustür hing ein
Plakat: »Immer lächeln. Morgen wird's schlimmer.«
Sie gingen einen holprigen Feldweg entlang. Das
Getreide zur Rechten stand hoch im Halm, der Knick
zur Linken gab Schatten. Sara erzählte von ihrem
Leben zwischen zwei »Erlöserinnen«, sah kurz auf
ihrem iPhone nach, ob es neue Nachrichten aus
Hamburg gab – »Jetzt, an den Gipfeltagen, mach ich
mir natürlich Sorgen!« –, berichtete dann von ihren
Studienanfängen und -abbrüchen, Anton, ihren Jobs.
Sie wunderte sich an einigen Stellen selbst, was sie
auswählte, wie sie formulierte. Sie war ungeübt, ein
Leben, ihr Leben, abseits von Bewerbungsunterlagen
in eine eigene Sprache zu bringen. Ein Brückensteg
führte durch sumpfiges Gebiet zu einem Fluss. Einige
Angler standen oder saßen am Rand, ein Vierer mit
Steuermann ruderte auf den See hinaus. Neben einer
Anlegestelle ein Fährhaus, Café und Restaurant, mit
frischem Reet gedeckt und offener Terrasse. Zum
Kaffee wählten sie Beerenkuchen.
»Ich hab dich damals beneidet«, sagte Juli. »Erinnerst
du dich, wie wir in Deutsch als Hausaufgabe eine
Stelle im ›Werther‹ interpretieren sollten? Es ging um
den armen Blumenpflücker im November. Du warst
am Tag zuvor den ganzen Nachmittag im Tanzstudio
gewesen und hattest in der Pause gerade mal flüchtig
drübergelesen. Ich saß ja neben dir und konnte die
leeren Seiten sehen. Da hast du dein Heft genommen,

dich zurückgelehnt, das Heft etwas gegen die Tischkante gekippt und in vollständigen Sätzen eine Interpretation vorgelesen, die du dir in dem Moment ausgedacht hast. Müller schien nichts zu merken, überlegte und meinte: ›Interessant, Sara. Ein wenig knapp, aber ein guter Ausgangspunkt für ein Gespräch. Lesen Sie bitte noch einmal vor!‹ Hatte er doch etwas bemerkt? Mir stockte der Atem. Und du? Du hast den Text wiederholt. Du hattest ihn noch vollständig im Kopf! Erinnerst du dich?«

»Ja«, Sara lachte. »Dafür konntest du freihändig Rad fahren.«

Schäfchenwolken, Segelboote, nah am Ufer Schwäne und ein Gefühl warmer Vertrautheit, das Sara umfing. Eine Nachricht! Sie sah auf ihr iPhone und las: »Brennende Autos, eingeschlagene Scheiben, ja, ich pass auf mich auf, keine Angst, Mama.« Sie sah über den See: »Hier ein Idyll und da ... Absurd. Und ›Mama‹ schreibt sie. Das hat sie lange nicht gemacht.«

Juli zündete sich eine Zigarette an: »Vielleicht hat sie das von ihrem Vater, der am liebsten da war, wo es brannte. Vielleicht geht sie auch mal in Richtung Journalismus. Während ich bei dir schwer sagen kann, was du von deinen Eltern hast.« Und nachdem sie tief inhaliert hatte, fuhr sie fort: »Ich habe mich damals oft gefragt, wie dein Verhältnis zu deinem Vater war. Einmal, 12 oder 13 musst du gewesen sein, besuchte ich dich und sah, wie er dir einen Kuss gab. Ich erschrak, ich fand es peinlich, fast eklig, und ich glaube, dir ging es ähnlich. Nur deiner Mutter schien es nichts auszumachen.«

Sara merkte, wie sie errötete, nippte an ihrem Kaffee, sah über den See, als könne sie dort eine Antwort finden, und sagte: »Ich glaube, er war gar nicht mein leiblicher Vater. Ob es«, sie zögerte, »Missbrauch war, kann ich nicht sagen. Vielleicht würde man es heute so bezeichnen. Manchmal sind die Grenzen wohl auch schwer zu ziehen. Wir sind dann noch zu zweit in Jugoslawien gewesen. Aber das hing damit zusammen, dass meine Mutter schwanger war, das Kind abtreiben lassen und mich nicht dabeihaben wollte. Danach hatte sie zunehmend depressive Phasen, und er hat wohl mehr oder weniger sein eigenes Ding gemacht.«

Juli sah sie von der Seite an und strich ihr über den Arm: »Ich denke, du bist zu nachsichtig. Fakt ist, dass du dich während der ganzen Schulzeit von allem Männlichen ferngehalten hast, von allem, was irgendwie mit Sex zu tun hatte. Zufall?« Und als Sara offenbar nicht darauf eingehen wollte, fuhr sie fort: »Manchmal dauert es entsetzlich lang, bis man sein eigenes Leben einfordert. Meine Mutter war ein absoluter Fan von Sarah Kirsch, weißt du noch? Als die 77 in den Westen kam und an der Uni las, da saß meine Mutter auch im Hörsaal. ›Das ist mein Kirschgang‹, sagte sie lachend. Und mich schleppte sie zum Friseur: ›Für meine Tochter einen Sarah-Kirsch-Schnitt, bitte.‹ Ich habe Naturkrause! Sie hat dann zu Hause mit dem Bügeleisen versucht, die Haare glatt zu kriegen. Unglaublich!«

Zurück nahmen sie einen anderen Weg. Landeinwärts, nicht weit vom See, lag in einem verwilderten Garten ein halb verfallenes Wasserschloss. Efeu rankte sich bis zum Dach. An einer alten Stadtmauer entlang ging es über Kopfsteinpflaster durch enge Gassen am Gymnasium vorbei, in dem Juli unterrichtete. »Dieser Teil war mal eine Grund- und Hauptschule, jetzt ist hier die Oberstufe untergebracht. Dort siehst du die neue große Sporthalle. Weiter hinten liegen die alten Gebäude.« Sara wollte sich das gern mal ansehen. »Kaiserreich-Architektur«, sagte Juli. »Dem kleinen Schüler sollte schon beim Betreten der Schule deutlich gemacht werden, wie klein er ist, wer hier das Sagen hat. Wir können ja mal reingehen.«

»Fühlten wir uns nicht auch wie Zwerge?«, fragte Sara.

Juli lachte: »Genau! Aber wie Zwerge, die auf den Schultern von Riesen stehen. Und unsere Riesen hießen nicht Kaiser oder Wilhelm. Heutige Schüler sehen das anders: Sie halten sich selbst für Riesen. Freud, Darwin, Galilei? Alles Zwerge! Sokrates: ›Ich weiß, dass ich nichts weiß!‹ Der Idiot. Er hatte eben noch kein Smartphone.«

Sie waren bis ganz nach oben in die Aula gestiegen: »Holzvertäfelung. Stuckverziert. Schön!«, sagte Sara. »Aber erdrückend. Und dann diese gewaltige Orgel im Rücken. ›Heil dir im Siegerkranz‹!«

»Oder ›Ein feste Burg ist unser Gott‹«, fügte Juli hinzu. »Heute ist bei den meisten Horváths ›Jugend ohne Gott‹ angesagt. Oder jeder schafft sich seinen eigenen, wie es ihm gerade passt. Oder betet sich selbst an. Die Riesen entpuppen sich als Scheinriesen, lauter Tur Turs. Und wenn es schlimm kommt, sind es am Ende Terrorzwerge.« Vorn war eine Bühne aufgebaut. Seitenteile und Rückfront waren mit schwarzem Stoff überzogen. »Da wird ›Das Bildnis des Dorian Gray‹ gespielt«, erklärte Juli. »Passend. Wirke, Kunst, o wirke! Nur dieses eine Mal.«

Sie verließen die Aula, und Juli zeigte auch noch einen umgebauten Klassenraum mit Activeboard, hellen Arbeitsplätzen und Laptops. »Hannah Arendt hat gesagt«, begann sie wieder, »das eigene Leben zu fordern, sei der Beginn aller Revolten. Aber viele wissen nicht mehr, was das sein könnte. Rimbaud sprach vom ›wahren Leben‹. Sie suchen, googeln, surfen im Netz. Finden alles und nichts und wissen am Ende nicht einmal, ob sie Frau oder Mann werden wollen.«

Sie gingen wieder hinaus. Die Sonne blendete. Schräg gegenüber der Schule lag die Agentur für Arbeit. »Aber sind wir Vorbilder?«, nahm Sara den Faden wieder auf. »Gier, Geilheit, Größenwahn, Gewalt. An vielen entscheidenden Positionen weltweit sitzen Verrückte oder Kriminelle. Und wir? Und ich? Die meisten von uns stellen sich blind und stumm und taub und halten so eine Maschine am Laufen, die oft nur eines will: Mehr!«

Sie gingen an einer Villa, Wohnanlagen mit Teich, viel Grün und Parkplätzen vorbei. Auf einer kleinen Brücke blieben sie stehen und sahen dem fließenden Wasser zu. »Von Hesse haben wir bei Müller ›Siddharta‹ gelesen«, seufzte Sara. »Was ist davon geblieben?«

»Ich bemühe mich«, sagte Juli. »Glaub mir. Gerade in Geschichte. Aber was ich an einem Tag vermittelt habe, ist am nächsten Tag wieder weg. Wie eine Spur im Sand, vom Wind verweht, vom Wasser fortgespült. Und unsere Politiker? Leben in ihren abgeschotteten Welten, auf einem anderen Stern, fliegen wie Aliens jetzt in Hamburg ein. Ich wünsche mir mal einen, der sich eine Woche vor meine Klassen stellt und unterrichtet.«

»Aber irgendwie läuft es ja«, sagte Sara, während sie weitergingen. »Ja, es läuft«, stimmte Juli zu. »Noch. Irgendwie. Und auf wessen Kosten? Manchen Morgen wundere ich mich, dass alles immer noch funktioniert. Dass die Brotregale gefüllt sind, die Menschen sich auf den Weg zur Arbeit machen und die Schüler wieder vor mir sitzen.«

Hinter der Kirche lag ein großer, freier Platz vor ihnen. »Ah, hier ist sicher der Wochenmarkt«, rief Sara.

»Leider nicht«, antwortete Juli. »Den gibt es bei uns nicht mehr.«

»Wie schade«, murmelte Sara.

Zu Hause ging es auf 20 Uhr zu. Sara wollte unbedingt die Tagesschau sehen. Juli kümmerte sich um das Essen. Bilder von Verletzten, brennenden Autos, Wasserwerfern, geplünderten Geschäften, Rauchschwaden, rennenden Menschen, Vermummten. »Furchtbar«, sagte Juli, die im Türrahmen stehen geblieben war.

»Das ist ja schlimmer als in der Schule!«

»Welcome to Hell!«, rief Sara. »Sie haben es doch angekündigt. Sie haben es doch gesagt. Ja, wie stellen sich denn die da oben die Hölle vor?«

»Da siehst du es wieder«, sagte Juli, »keine Ahnung von der Wirklichkeit.«

»Und irgendwo in diesem Inferno ist Eva«, klagte Sara. »Sie hätte sich schon längst wieder melden sollen.« Sie schaltete den Fernseher ab. »Ich habe Angst.«

»Komm, wir essen erst mal was«, sagte Juli. »Mehr kannst du im Moment doch nicht machen. Wir können auf dem Balkon sitzen.«

»Was hab ich mir früher für Sorgen gemacht«, die beiden stießen mit den Gläsern auf Eva an, »wenn sie nachts brüllte, weil die ersten Zähne kamen, oder wenn sie spuckte, hustete, von der Schaukel fiel, beim

88

ersten Liebeskummer, bei Mathearbeiten, wenn sie abends in die Disco ging! Ha! Alles Pipikram! Ich versteh ja ihren Zorn über die Ungerechtigkeiten dieser Welt, über die Mächtigen, die ein Gutteil der Verantwortung tragen für Hunger, Armut, Krieg und Krisen. Wenngleich die meisten gewählt wurden.« Sie trank einen Schluck Wein. »Aber im Moment ist mir der Zustand der Welt ziemlich egal. Ich möchte, dass Eva keinen Schaden nimmt. Und ich weiß nicht, wieweit sie sich vorwagt, wieweit sie sich in Gefahr begibt, wieweit sie selbst zur Täterin werden könnte.« Sie schwieg eine Weile und flüsterte dann: »Ich weiß das alles nicht!« Sie legte Messer und Gabel hin, schlug die Hände vors Gesicht und weinte. Juli ging zu ihr, zog sie zu sich hoch und nahm sie in den Arm. »Wie hilflos, wie ratlos ich bin«, schluchzte Sara. »Was soll ich nur machen?«

»Wir können nichts tun«, tröstete Juli. »Es ist gut, dass du hier bist.«

Sara löste sich von Juli, holte sich eine Zigarette und zündete sie an. »Stell dir vor«, sagte sie, »die sprengen die Elbphilharmonie in die Luft. Stell dir das bitte mal vor. Unmöglich? Glaub ich nicht.« Sie ging durchs Zimmer: »Hast du gesehen? Da gibt es Menschen, die feuern die Chaoten noch an. Da gibt es welche, die fahren hin, um vor brennenden Barrikaden ein Selfie zu machen.« Sie trank wieder einen Schluck: »Wer ist hier eigentlich verrückt? Wer ist hier eigentlich noch nicht verrückt? Der Polizeisprecher sagt, sie hätten alles im Griff. Warum fordern sie dann Unterstützung aus anderen Bundesländern an? Warum Spezialeinheiten?«

Sie versuchten noch ein wenig zu essen und räumten dann den Tisch ab. Sara machte kurz den Fernseher an. »Bitte keine Toten«, flüsterte sie. »Bitte!«

Von Eva eine Nachricht: »Mit mir ist alles okay. Mach dir keine Sorgen. Schlaf gut!«

Später hatte Juli Platten hervorgeholt. Sie kramten in Erinnerungen, hörten Musik aus Jugendtagen, sangen »... völlig losgelöst ...«, rauchten und tranken noch etwas Wein. Träume von damals: »Unser Leben sollte ein Fest sein, wie Champagner!«

»Eigentlich bist du doch zu beneiden«, meinte Sara. »So viele junge Menschen hast du täglich um dich herum. Und dabei sind doch auch in der Oberstufe intelligente, gut aussehende. Oder bei den Kollegen. Dein Leben besteht doch bestimmt nicht nur aus Korrekturen, krakeelenden Kindern und nervigen Eltern.«

»Stimmt«, sagte Juli. »Da gibt es manchmal auch andere Gefühlswelten.«

»Mrs. Robinson lässt grüßen«, lachte Sara. »Die vielen Aspekte einer Reifeprüfung.«

»Na«, Juli hielt dagegen, »etwas mehr Niveau könntest du mir zutrauen.«

»Hast du auch mal an eine dauerhafte Beziehung gedacht?«

»Nicht wirklich.« Juli wurde ernst. »Zum einen erlebe ich zu viele Familienstrukturen, die sich auflösen, und zu viele Kinder und Eltern mit psychischen Problemen aller Art. Ich muss das alles nicht haben. Das letzte war eine Gruppe von Jungen, die russisches Roulette spielten. Zwei saßen sich gegenüber, brachten die Trommel des Revolvers zum Drehen und wussten, in einer der sechs Kammern steckte eine Patrone. Eine Platzpatrone zum Glück. Sie spielten, bis es bei einem knallte. Der andere war Sieger und spielte gegen den nächsten. Wer am Ende übrigblieb, bekam von den anderen Geld. Als eines Tages einer auf die Idee kam, das mit echten Patronen zu machen und den Einsatz zu erhöhen, flog alles auf. Nun hatte doch jemand Angst bekommen. Aber wie krank ist das! Das muss ich nicht in meiner unmittelbaren Nähe haben.«

»Russisches Roulette«, sagte Sara nachdenklich. »Ein Spiel. Höchster Einsatz. Nervenkitzel. Beschleunigung: Das Leben schnurrt zusammen auf den Bruchteil einer Sekunde. Die Sehnsucht nach dem, was kein Himalaya, kein Internet, keine Bank dir bieten kann. Der absolute Kick, der Gipfel. Irgendwie konsequent.«

Sie schwiegen eine Weile, aber dann fügte Juli lachend hinzu: »Außerdem liebe ich die Abwechslung. Ich glaube, ich bin beziehungsunfähig. Ich hasse das Bekannte. In meiner ersten Kindheitserinnerung liege ich im Kinderwagen und schreie aus langer Weile!«

Sara strich ihr übers Gesicht: »Verstehe. Jede Falte eine Affäre. Hör mal: Leonard Cohen ... ›For you've touched her perfect body with your mind ...‹ Der einzige, der uns je verstanden hat.«

Irgendwann gingen sie ins Bett. Sara meinte, schon die ersten Vogelstimmen zu hören, und genoss Julis Nähe so, dass sie alles andere fast vergessen hätte.

19

»Du schreibst?« Im Gästezimmer stand vor dem Fenster ein kleiner Tisch mit einer Schreibmaschine. Links daneben ein Stapel mit weißem Papier, rechts offenbar beschriebene Seiten. Obenauf ein Blatt mit dem Datum von vorgestern. Juli kam mit dem Kaffeebecher herein, nahm einen Schluck und sagte dann: »Vor vielen Jahren habe ich den Satz gelesen, der Wahnsinn unserer Zeit habe seine eigene Sprache, oder besser, sein eigenes Schweigen. Seitdem setze ich mich möglichst jeden Abend kurz hin und schreibe. Es hat was von Tagebuch. Ich habe festgestellt, dass ich so all das, was am Tag auf mich eingestürzt ist, ordne, überschaubarer mache. Es bekommt einen Anfang und ein Ende, Sätze strukturieren es, Zusammenhänge werden hergestellt, jedes Wort bekommt seinen Platz.«

Durchs Fenster fiel Sonnenlicht. Über einige Gärten hinweg konnte Sara die Rückseite des Wasserschlosses sehen. Sie drehte sich um, nahm Juli den Kaffeebecher aus der Hand, stellte ihn auf den Tisch und umarmte sie. »Ich glaube«, flüsterte sie, »du bist manchmal sehr allein. Wirklich allein. Nicht wahr?«

»Natürlich«, lachte Juli, »und dann sehne ich mich nach der lärmenden Schule, nach all den Kollegen und Kindern. Du glaubst gar nicht, wie mir die Sommerferien bevorstehen. Wären sie doch schon zu Ende. Aber heute bist du da!«

Und tatsächlich, so schwer der Tag zuvor gewesen war, so leicht wurde dieser, zumal die Nachrichten aus Hamburg weniger gefährlich klangen und Eva sich regelmäßig meldete. Auch das Wetter spielte mit. Sie fuhren nach Münster, saßen in Cafés, beobachteten

Menschen und fantasierten über deren Leben, was ihnen auch früher schon unendlich viel Spaß gemacht hatte. Juli erzählte von ihren Radtouren, von Tai Chi, und so kam es, dass Sara beim Abschied am nächsten Tag auf dem Bahnsteig feuchte Augen bekam und Juli ihr zurief: »Komm doch zu mir, komm! Besser als da oben im Norden ist es hier allemal!« Und dieser Zuruf, dieses Wochenende, dieses Treffen mit Juli, in dem so viel jugendlicher Anfang geweckt worden war, dies alles reichte, um die Fahrt zurück im Blick aus dem Fenster über Feld, Wald und Wiesen zum Traum eines ganz anderen Lebens werden zu lassen. »Mach wieder in Immobilien. Das hast du schon gemacht. Das kannst du. Das boomt.« Auch das hatte Juli gesagt.

Zu Hause aber saß Eva auf dem Balkon. Fettige Haare, müdes, abgehetztes Gesicht, zerrissene Jeans. Sie hatte ein Glas Wasser in der Hand, starrte ins Nirgendwo und drehte kaum den Kopf, als Sara ihr einen Gruß zurief, ihren Koffer abstellte und sich die Hände wusch. Sara setzte sich neben sie und strich ihr über den Arm.

»Furchtbare Bilder«, sagte sie. »Bei dir alles okay?«

Eva nickte.

»Und Ole?«

»Ist im Krankenhaus. Aber er wird wieder. Ich war bei ihm.«

»Möchtest du erzählen?«

Eva schwieg.

»Hast du Hunger?«

»Nein.«

»Was möchtest du denn?«

»Schlafen.«

»Kriegst du es hin, vorher zu duschen?«

»Ja.«

Sara holte sich Brot, Käse und ein Glas Wein und setzte sich wieder auf den Balkon. Wie ruhig es war. Mitten in der Stadt. Sie musste an Julis Worte denken, der Wahnsinn unserer Zeit habe seine eigene Sprache, oder besser, sein eigenes Schweigen.

20

Montagmorgen. Sara holte in der Früh Brötchen und Zeitungen. Sie erschrak, als sie auf der Titelseite das Bild einer total zerstörten Stadt am Wasser sah. Aber es war Mossul, nicht Hamburg. Bei Eva regte sich nichts. Nachdem sie gefrühstückt, Nachrichten gehört und einige Leitartikel gelesen hatte, machte sie Einkäufe in der Stadt. Als sie wiederkam, saß Eva über den Zeitungen: »Wie schnell jetzt einige vorgeben, alles schon immer gewusst und vorausgesehen zu haben. Wie schnell sie mit ihren Erklärungen zur Hand sind. Die Linken, die seit Jahren zu lasche Justiz, die Internationale der Gewaltbereiten, die profilierungssüchtigen und weltfremden Merkel und Scholz, die falsche Polizeitaktik«, platzte es aus ihr heraus.

»Wundert dich das?«, fragte Sara. »Jeder möchte ein solches Ausmaß an Gewalt verstehen und versucht es in sein Weltbild einzufügen. Man sieht nur, was man sehen will.«

Eva stand auf und räumte ihr Frühstücksgeschirr weg. »Alles soll plötzlich falsch gewesen sein. Es geht nur noch um die Verantwortung für die Krawalle. Wer welche Verantwortung für den Zustand der Welt hat, darum geht es nicht mehr. Von unserem friedlichen, bunten Widerstand, unseren Ideen und Alternativen, davon ist nicht die Rede.« Sie wurde laut: »Das ist Frust pur.«

Sara ging zum Fenster und sah hinaus: »Die Bilder, die in den Köpfen der meisten bleiben, sind wohl die schwarzen Gestalten vor brennenden Barrikaden. Für die war es ein Erfolg. Fotos bedeuten Unsterblichkeit. Sie haben es uns gezeigt: Großstadtdschungel. Die

Lust an der Gewalt. Hass, Wut. Das ›Schweine-system‹ wackelt. Angst breitet sich aus. Anders formuliert: Der Erosionsprozess der bürgerlichen Gesellschaft schreitet voran. Aber wer entscheidet, welche Bilder sich in unseren Köpfen festsetzen?« Sie schwieg eine Weile. »Oder ist das, was wir jetzt erleben, erst die wirkliche bürgerliche Gesellschaft, in der nur noch der Profit, das Interesse, die Lust des Einzelnen herrschen? Hatte Marx recht? Ich habe Juli gefragt. Sie weiß es auch nicht. Wie siehst *du* es denn? Welche Bilder sind in *deinem* Kopf? Was hast *du* erlebt? Welche Geschichte der letzten Monate und Tage kannst *du* erzählen? Und dann: Welche Konsequenzen ziehst du daraus?«

Eva stellte sich neben Sara: »Meine Geschichte ist eine andere als die, die im Mainstream der Medien erzählt worden ist. Aber ich war nicht überall. Es bleiben Fragen. Nur: Wer rüttelt am meisten am Fundament dieser Gesellschaft? Die schwarzen Gestalten? Die, die für die Betrügereien der Auto-konzerne an den Abgaswerten verantwortlich sind, für die Hilfe der Banken und Wirtschaftsprüfer, Gelder in Steueroasen und Niedrigsteuerländer zu transferieren? Oder sind es die, die rufen: Plünderer erschießen! Flüchtlinge ertrinken lassen oder zurückschicken! Ich brauch Zeit. Wenn es dir recht ist, bleib ich erst mal eine Weile hier.«

»Okay«, Sara wandte sich ihr zu und strich ihr über den Arm. »Du sagst bitte Bescheid, wenn du erzählen möchtest oder Antworten gefunden hast.«

»Mach ich«, sagte Eva. »Und hier? Was macht Oma?«

Sara lächelte: »Oma hält weiter Vorträge. Die Besucherzahlen gehen leicht zurück. Gereimtes,

Drastisches oder Lustiges kommt am besten an. Musikalisch ist sie bei Edith Piaf angekommen. Zu den Melodien summt sie. Geh doch mal hin. Sie freut sich bestimmt.«

21

Nachmittags langes Gespräch mit Andreas zwischen den Töpfen in der Küche seines Restaurants. Speisekarte, Bestellliste, Personalplanung. Lea war kurz reingekommen, hatte ihr einen Kuss auf die rechte Backe gegeben, irgendetwas von »Schön, dass du da bist« gemurmelt und war wieder gegangen. So konzentriert Andreas bei der Arbeit war, so unbeholfen war er im Gespräch. Seine blauen Augen wanderten hin und her, das wuschelige Haar wippte, er redete gestenreich und am Ende davon, dass sie noch gar nicht über ihre Bezahlung und solche Dinge gesprochen hätten.

Sie sah ihm gern zu. Nicht nur bei der Arbeit. Auch jetzt. Sie mochte ihn. Er hatte etwas von einem Künstler, einem Schauspieler. Immer wieder staunte sie, wie lebendig er war. Für einen Moment stellte sie sich ihn als Liebenden, als Geliebten vor.

»So wie es ist, ist es gut«, sagte sie schließlich. »Da kann ich aufhören, wann ich will.«

Und als er nicht lockerließ und ihr vorschlug, vielleicht auch noch als Servicekraft einzusteigen, fügte sie ernst hinzu, ob er sich darüber im Klaren sei, dass er sich das nun wirklich nicht leisten könne. Sie kenne seine Zahlen. Wenn er nicht noch irgendwo Geld versteckt habe, sei er von einer Pleite nicht sehr weit entfernt. »Du kannst kochen, aber nicht rechnen.«

Betretenes Schweigen. Einer der Azubis war mit einem Kochbuch hereingekommen und hatte ihn gefragt, welche der vier Schienen im Backofen die mittlere sei. Sie mussten alle lachen und Sara war gegangen.

Und abends ihre Mutter. Einige Zeilen aus Mascha Kalékos Gedicht »Sozusagen grundlos vergnügt« hatte sie nicht mehr im Kopf, sodass Pausen entstanden, einige Zuhörerinnen unruhig wurden und die letzte Rollstuhlreihe sich still verabschiedete. Sara tat ihre Mutter leid.

Ohne groß darüber nachzudenken, hatte sie den Weg durch den Park genommen, als sie wortlos von hinten gepackt wurde. Ein Messer blitzte auf. Ihr Mund wurde brutal zugehalten. Jemand zog sie ins Dunkle. Sie versuchte sich freizukämpfen, zu stoßen, irgendeinen Laut von sich zu geben. Panik, Herzrasen, ein entsetzlicher Schmerz am Hals. Kurz sah sie eine schwarze Maske vor sich, funkelnde, fast animalische Augen. Plötzlich ein Schlag gegen den Kopf. Sie sackte kraftlos in sich zusammen.

Im Krankenwagen wachte sie auf. Sie hörte das Martinshorn, aber es schien sehr weit entfernt zu sein. Ein Sanitäter beugte sich über sie. Sie schloss die Augen. Er würde wissen, was zu tun war. Sie spürte Erleichterung, ja, fast war es so etwas wie Freude, sich nach langer Zeit einfach fallen lassen zu können.

Aus dem Krankenhaus schrieb sie Juli kurze Nachrichten:

Nieder-geschlagen. Liege aber nicht am Boden, sondern in einem Bett im Krankenhaus. Jenseits von Reden.

Nachtgespenster. Gewitter. Löschtaste finden.

Der Leere einen Raum geben.

Aufstehen. Gehen lernen.

Nach den Tagen im Krankenhaus, den Besuchen von Eva, Andreas und der Polizei und dem Dank an den Mann mit dem Hund, der den Täter gestört und den Krankenwagen gerufen hatte, fuhr sie an die See. Ohne iPhone. Ohne Laptop. Ruhe.

Die Melancholie der Weite.

Ihre Therapeutin war eine etwas ältere, ruhige, auf den ersten Blick unscheinbar wirkende zarte Frau, die ihr Stunde für Stunde zuhörte, Fragen stellte und Anstöße gab. Es tat Sara gut, dass da jemand war, der nach *ihr* fragte, der *sie* in den Mittelpunkt stellte, für den *ihre* Gedanken und Gefühle wichtig waren. Sie glaubte, alles erzählen zu können, aber nicht alles erzählen zu müssen.

Vordergründig musste sie zurechtkommen mit dem Schmerz und den Bildern aus dem Park, der schwarzen Maske und diesen Augen. Und dann: »Ich möchte meine Stummheit überwinden. Endlich weinen und schreien können, Gefühle von Einsamkeit und Sinnlosigkeit ergründen, aber auch diese heimliche Freude im Unfallwagen. Ruhe finden, vielleicht.«

Jedes Mal neugieriger auf sich selbst stieg sie die vielen Stufen hoch in die Dachkammer mit dem Velux-Fenster zum Himmel. Wolken zogen vorüber, Regen prasselte gegen die Scheibe, Mauersegler durchkreuzten das blaue Eck.

»Ich hatte einen Traum. Vor mir liegt ein Fotoalbum. Ich entnehme die Fotos meiner mütterlichen Vorfahren und lege sie auf den Tisch. Vier Frauen, deren Geschichte Mitte des 19. Jahrhunderts beginnt. Da werden die Fotos lebendig. Die Frauen steigen aus dem Rahmen und wachsen zu ihrer natürlichen Größe. Mütter und Töchter stehen zusammen, bestaunen und berühren sich. Diese fremden Kleider, Frisuren, Gerüche! Da bemerken wir Eva. Sie hat uns beobachtet, lacht, dann schlägt sie die Hände vors Gesicht und stößt einen gellenden Schrei aus. Ich merke, dass wir anderen stumm geblieben sind, weil uns der Mund mit groben Stichen zugenäht war.«

Wenn der Tag sich aus der Nacht zu schälen begann, im ersten Licht, das lange Schatten wirft, da ging sie am liebsten. Ein Buch aus Jugendtagen fiel ihr ein: »Die Möwe Jonathan«. Von Freiheit und Mut war da die Rede gewesen.

»Ich erinnere ein Gespräch mit meiner Oma, kurz bevor sie starb. Ich habe sie immer gerngehabt. Sie hatte viel Zeit und einen großen Obstgarten. Es war bei ihr so ganz anders als in West-Berlin. Wir hatten zusammen einen Apfelkuchen gebacken, Sahne geschlagen, sie trank ihren Kaffee dazu. Da wurde sie plötzlich sehr ernst. Sie habe das alte Deutschland geliebt, das Deutschland bis Anfang der 40er Jahre. Das seien die schönsten Jahre ihres Lebens gewesen. Dieses Gemeinschaftsgefühl, die Ordnung, die schneidigen Offiziere, die alten Städte und Dörfer, die Weinlese, die Tanzfeste, Filme, Lieder, Lale Andersen und ›Lili Marleen‹ zum Beispiel. Das mit den Juden habe sie nie begriffen. Aber alles andere, was nach dem Krieg kam, auch nicht. Auf einmal war alles kaputt. Alles kaputt. Auch unsere Männer waren kaputt, sagte sie. Und deine Mutter ist mir von Tag zu Tag fremder geworden. Besonders, als sie zu studieren begann. Als ob sie mir davongelaufen wäre.

Sie sah mich Hilfe suchend an. Ich war schon so alt, dass ich ahnte, ich hätte ihr etwas entgegnen können oder müssen. Aber ich war noch nicht alt genug, zu wissen, was.«

Der Blick zurück auf das eigene Leben. Zu entdecken gab es die Geschichte ihrer Angst, an den Schaltstellen falsche Entscheidungen getroffen zu haben, die Verletzungen aus einer ganz anderen Zeit, die Sorgen um Eva und die eigene Zukunft. Aber auch den Wunsch … zu leben.

»Und dann ist da noch die Sache mit dem Mann, den ich viele Jahre für meinen leiblichen Vater gehalten habe, den ich als Mädchen bewundert habe, ihn, der in der Welt zu Hause war und sie erklären konnte. Ich fand es nicht abstoßend, wenn er mich in den Arm nahm und mir einen Kuss gab. Ich habe mich manchmal danach gesehnt. Und Jugoslawien war ein Traum. Später habe ich mich geschämt. Abgrundtiefe Scham, dass ich mitgespielt habe.«
Sie schaute einem Vogel nach und fuhr dann fort: »Auf der Fahrt nach Hause erzählte er mir eine Geschichte aus dem Mittelalter: Am Hochzeitstag steckt ein junger Mann den Trauring, der ihm beim Ballspiel behindert, einer Venus-Statue an den Finger. Als er sich den Ring wiederholen möchte, ist der Finger gekrümmt. Erst ein Priester, den er rufen lässt, kann die Macht der Venus brechen. Der Mann bekommt seinen Ring zurück. Kurze Zeit darauf stirbt der Priester. Erst heute beginne ich mich zu fragen, wie es der Venus ergangen ist, was aus ihr geworden ist.«

Abends schrieb sie Briefe, die begannen so:

Liebe Juli,
da gab es am Anfang den Wunsch, den Thriller
zuzuklappen und auf den Nachttisch zu legen, das
Licht zu löschen, sich wohlig ins Kissen zu kuscheln
und einzuschlafen. Oder aufzuwachen und Eva beim
Frühstück den Albtraum vom Mann mit der Maske zu
erzählen, ihn mit Tee herunterzuspülen und im Alltag
zu vergessen ... Was bleibt? ...

Liebe Eva,
wenn ich recht überlege, haben meine vielen Anläufe
im Leben sehr viel mehr zu tun mit dem, was dich jetzt
umtreibt, als ich es noch vor ein paar Wochen
vermutet habe ...

Liebe Mum,
in diesen Tagen am Meer wird mir klar, warum wir
erst spät zu einem offenen Gespräch gefunden haben,
einem Gespräch, das diesen Namen verdient; denn
alles davor war doch eigentlich ein langes
Schweigen ...

Liebe Lea,
nicht weit von hier arbeitet eine Keramikkünstlerin,
die ich besuchte und deren Arbeiten ich mir
anschaute. Ihr Thema zurzeit: Venus-Statuetten,
rätselhafte, vollbusige Frauenfiguren, die vor rund
28 000 Jahren von den Pyrenäen bis Südrussland
auftauchten und sich über die Göttin der Schönheit
bei den Griechen und Römern bis zu Barbiepuppen
und Feuerzeugen verfolgen lassen. Witzig, nicht? ...

Lieber Andreas,
ich hoffe, du kommst ohne mich zurecht. Aber du bist
ja auch vorher ohne mich zurechtgekommen. Mir fehlt
der Walnussbaum. Warum? Das wäre eine lange
Geschichte, eine sehr lange Geschichte ...

Von Lea bekam sie eine Zeichnung. »Sexy Sara«
stand unter dem Bild. Hautenges Abendkleid, Haare
hochgesteckt, geschminkt, dunkelroter Lippenstift,
eine Hand auf der Hüfte, die andere zeigt auf den
Betrachter, herausforderndes Lächeln. Liebeshungrig.

Juli antwortete so:

Was bleibt?
Zunächst einmal die Erinnerung daran, dass das
Leben gefährdet ist, im nächsten Augenblick zu Ende
sein kann, wirklich zu Ende.

Nie mehr ...
Nie mehr Angst, Sorge, Schmerz, Ärger, Wut, Zorn,
Hass, Gewalt, Trauer, Rausch, Langeweile,
Niederlage, Sieg, Krieg, Frieden, Leid, Freude,
Schönheit, Arbeit ...
Nie mehr schreien, leiden, bluten, husten, schnupfen,
fluchen, schwitzen, frieren, kotzen, erröten,
erblassen ...
Nie mehr liegen, aufstehen, sitzen, gehen, laufen,
waschen, anziehen, putzen, räumen, fahren, fliegen,
fühlen, lachen, weinen, denken, wissen, zweifeln,
fragen, antworten, innehalten, staunen, erkennen,
irren, verstehen, aufhören, anfangen, glauben, hoffen,
lieben, begehren, lesen, rechnen, schreiben, sprechen,
singen, schweigen ...

104

Nie mehr sehen, hören, riechen, tasten, schmecken, wachen, schlafen, erinnern, träumen, essen, trinken, pinkeln, pupsen, kacken, atmen ...
Nie mehr Wal und Floh, Schwalben und Hasen, Sonne, Mond und Sterne, Wälder, Wasser, Wüstensand, Tag und Nacht, Himmel und Erde ...
Nie mehr das Schweigen der Götter ...
Nie mehr leben und sterben ...
Nie mehr ...
Du.

Ich sitze vor meiner Schreibmaschine. Durch das geöffnete Fenster weht kühle Luft herein. In den Gärten Sonnenblumen, Apfelernte. Jemand nimmt Kartoffeln auf. Gestern war ich im Konzert: »Carmina Burana«. Großartige Musik. O Fortuna, Göttin des Schicksals, du drehst das Rad, auf das wir geflochten, nichtiges Glück, immer im Zergeh'n ... nach Sinnenlust dürstend mehr als nach dem Heil, wollen wir am liebsten spielen, saufen, küssen, lieben, betrügen ... Großartige Musik. Applaus.
Aber ist es so? Sind wir lediglich Spielball Fortunas, ausgeliefert ihren Launen, die wir für die unseren halten?
In der großen Geschichte suchen wir im Nachhinein nach Gründen, warum etwas so und nicht anders gewesen ist. Auch, um daraus für die Zukunft zu lernen. Nie wieder Auschwitz.
Unser Leben versuchen wir zu verstehen als Ergebnis von Anlagen, Erziehung, Einflüssen von Schule und Gesellschaft. Ja, auch von scheinbar oder tatsächlich Unvorhersehbarem, Schrecklichem, Zufälligem, Absurdem, mit dem wir fertig werden müssen.

Und als Ergebnis von dem, was wir einmal gewollt haben. Von guten und schlechten Gefühlen, Gelingen und Scheitern.

Was bleibt?

Weißt du noch ...

... unter dem Walnussbaum ...
... vom Rauschen der Blätter umfangen ...
... im Licht, das durchs Grün bricht ...
... im Geruch von Minze, Thymian und frisch gemähtem Gras ...
... sich im Anblick des Himmels, der ziehenden Wolken verlieren ...
... durch den Sand stapfen und übers Meer schauen ...
... das Geschrei der Möwen im Ohr ...
... alles so vertraut, so fremd, so unerreichbar nah wie die Sterne am nächtlichen Himmel ...

Erinnerst du noch ...

... Geschichten, Bücher, Filme, Bilder, Musik, Gedanken, Erlebnisse, Menschen, die uns etwas bedeutet haben?
... Geschaffenes, Erarbeitetes, Geleistetes, mit dem wir zufrieden gewesen sind?
... Gespräche, Zärtlichkeit und Liebe, die uns mit der Welt und allem anderen für Augenblicke einverstanden sein ließen?

Ich vergesse das nicht.

Nie mehr.

Lebenshungrig.
Deine Zukunft ist auch das Ergebnis deiner Wahl ...

22

Sie erschrak, als sie den Garten der AWO betrat. In der Mitte des Rasens saß auf einem kleinen Hocker eine alte Frau, vornübergebeugt, eingefallen. An der schon etwas schäbig wirkenden dunkelblauen Jacke erkannte sie ihre Mutter. Die Luft war feucht, braune Blätter fielen von der Kastanie, der Wind spielte mit ihrem grauen Haar. Mit einer Rundzange zupfte sie Unkraut aus dem Rasen und ließ es in einen grünen Plastikeimer fallen. Sara ging zu ihr und strich ihr ein wenig über die Schulter: »Hallo, Mum! Was machst du da?«

Ihre Mutter hob müde den Kopf, zeigte mit der Zange auf das Gras um sie herum und sagte schleppend: »Unkraut. Alles voller Unkraut. Ich will das mal in Ordnung bringen. Ich will das …«, sie suchte offenbar nach einem Zitat, einem Satz, einem Wort, wiederholte dann aber nur: »in Ordnung bringen.«

Sara kniete sich neben sie und sah sie an: »Willst du nicht mit mir hineinkommen? Wir setzen uns zum Affen unter die Palme und trinken einen Kaffee. Es ist schon kühl hier draußen.«

»Später«, flüsterte die Alte. »Später komm ich heim. Geh nur, geh!«

In einiger Entfernung schob ein hagerer alter Mann seinen Rollator um ein Blumenrondell. Mit vorsichtigen Schritten kam er langsam voran. Seine Haltung war verkrampft, er zog die Schultern hoch und musste sich offenbar anstrengen. Er wirkte gepflegt, hatte ein schmales, scharf geschnittenes Gesicht, das Haar exakt gescheitelt und trug, was Sara wunderte, ein kurzärmeliges Sommerhemd.

Auch ihre Mutter beobachtete den Alten. Schließlich sagte sie mit zittriger Stimme: »Im Winter will ich etwas vortragen zum Thema ›Die Kunst zu gehen‹. Ich hoffe, dich dann einmal wiederzusehen.«

»Gewiss«, sagte Sara erleichtert und erhob sich. »Ich werde kommen. Ich bin gespannt.«

Ihre Mutter sah sie von unten an, prüfend, als warte sie noch auf etwas. Als nichts kam, nahm sie wieder die Arbeit mit der Zange auf: »Hölterlein hat Goethe ihn genannt.«

»Wen?«, fragte Sara. »Wen hat Goethe so genannt?« Und da ihre Mutter sich nur müde mit dem rechten Handrücken über die Stirn strich, fügte sie rasch hinzu: »Hölderlin?«

»Ja, gewiss«, kam es von unten. »Natürlich.«

Sara verabschiedete sich und sprach im Haus eine Pflegekraft an.

Dieser schnelle Verfall habe alle überrascht. Bergab gegangen sei es ja schon länger, aber nun … So sehr glücklich sei man mit diesen abendlichen Veranstaltungen zwar nie gewesen, das müsse sie an dieser Stelle einmal mit aller Deutlichkeit sagen. Ihre Reden gegen die Männer hätten dazu geführt, dass es zu Beschimpfungen und Tätlichkeiten gegenüber männlichen Pflegekräften gekommen sei. Und »Fassen Sie mich nicht an, Sie Rohling!« gehöre noch zu den harmloseren Formulierungen, die sich die Kollegen hätten anhören müssen. Auch die letzte Vortragsreihe über »Verkommene Söhne und missratene Töchter in der Literatur« habe üble Folgen gehabt. Kinder und Enkel der Mitbewohnerinnen, die manches Mal von weither angereist waren, um Oma oder Uroma zu besuchen, die Geschenke, alte Fotos und Kuchen mitgebracht hatten, hätten sich bitter beschwert: Kein

Wort der Dankbarkeit. Im Gegenteil: Vorwürfe und Gruselgeschichten, die einer schrecklichen Fantasie entsprungen sein mussten! Außerdem jeden Tag die Enttäuschung, dass die Leute vom Fernsehen wieder nicht gekommen seien. Immer die Vertröstung auf morgen, vielleicht. Ha, und dann hätten sich die Männer zusammengeschlossen. Sie forderten Minderheitenschutz. Den Spitzweg wollten sie sich nicht von der Wand reißen lassen. Genug sei genug. Feinfühliger sei ein Flirt nicht darstellbar, und gegen einen Mann, der einer Frau Blumen bringt, könne doch wohl niemand etwas haben. ›Der Kaktusfreund‹ zeige die Freude am Kleinen, an der Natur, die gerade Männer auszeichne. ›Bücherwurm‹ und ›Poet‹ dagegen stünden für Literatur, Bildung, die Kultur des Abendlandes insgesamt. Die lasse man sich nicht nehmen. Die müsse verteidigt werden. In einer Nacht- und Nebelaktion wurde aus dem APO- ein OPA-Servicehaus. Kurz: Es gab Spannungen. Das drohte hier zu kippen. Insofern sei dieser Verfall … aber natürlich trotzdem traurig.

Sara versprach, am nächsten Tag eine Torte für die Pflegekräfte mitzubringen, und dankte für die Geduld. Bevor sie ging, sah sie noch einmal nach draußen. Der Rasen erschien ihr wie ein Meer, so groß, und ihre Mutter saß da wie in einer kleinen Nussschale, die wegwohin trieb. »Seelenschmerz« hatte sie ihre Krankheit genannt.

Wenn die Seele das Leben selbst oder der Kern dessen ist, was einen Menschen ausmacht, was ihn am Leben hält, dann hatte sie für einen kurzen Sommer noch einmal zu sich selbst gefunden.

Vor dem Eingang der AWO kam ihr der Bärtige aus dem Café entgegen. Er schob seinen schreibenden

Freund, der im Rollstuhl saß und lustig plapperte: »Na, mein Lieber, kein Leuchtturm wie bei Virginia Woolf, aber immerhin ein Wasserturm. Schau'n wir mal, ob es uns hier gefällt!«
Sara blieb stehen und blickte den beiden nach, wie sie im Inneren verschwanden.
Wie schade, dachte sie. Das wäre doch das Dream-Team gewesen.

Zu Hause eine Mail von Juli: »Die Frau eines Kollegen von mir ist Immobilienmaklerin. Sie sucht händeringend nach Mitarbeitern. Auch das Wasser-schloss steht zum Verkauf. Komm!«
Eva hatte eine neue Pflanze fürs Treppenhaus gekauft und den »Stock« nach Rücksprache mit der Blumen-frau entsorgt.

Abends: Willkommensessen bei Andreas mit Lea und Eva. Alle drei hatten sich schick gemacht. Schon auf dem Weg schwatzten und lachten sie nach Herzens-lust, und diese Leichtigkeit steigerte sich noch bei Paella und Rotwein. Andreas hatte für ein paar Wochen eine neue Servicekraft eingestellt: Elsa, jung, blond, Studentin aus Schweden. Und als er am späten Abend an den Tisch kam, es waren kaum noch Gäste da, nahm er sie kurz in den Arm und Lea flüsterte Sara ins Ohr: »Seine Neue! Unfassbar, nicht?« Das Gespräch wurde ruhiger. Pausen entstanden. Sara erzählte von Julis »Komm!« Da stand Lea auf. Aus einer Ecke holte sie eine Gitarre, stimmte sie ein wenig, begann eine einfache Melodie zu spielen und fing plötzlich an zu singen:

»Model wollt' ich noch nie werden,
Siegerpokale sind mir egal,
jagen kannst du mich mit Pferden,
Kreuzspinnen-Emil kann mich mal.

All die Klamotten lass ich im Laden,
gern schenk ich dir meinen Joint,
ich brauch kein Selfie vor Barrikaden,
überlass dir auch meinen Freund.«

Und dann kam ein langgestrecktes »Ich will doch nur,
dass Sara bleibt«, das sie noch einmal wiederholte.
Weitere Strophen folgten. Am Ende klatschten alle,
lachten, Sara umarmte Lea, und so ging es heiter nach
Hause.

23

Ein paar Tage später packte Eva: »Auf geht's! Ich freu mich aufs Semester, die neuen Fächer. Und einige von denen, die in Hamburg dabei waren, sind auch an der Uni.«

»Apropos Hamburg«, sagte Sara, »wie fällt denn nun dein Fazit aus?«

Eva schüttelte ihr blondes Haar: »Wir haben Erfahrungen gesammelt, Themen und Alternativen stärker ins Bewusstsein gehoben. Nein, du hast natürlich recht«, sie rollte mit den Augen und leierte das Nächste herunter: »Die alte Globalisierung und den noch älteren Kapitalismus gibt es immer noch, Hamburg ist wieder sauber. Aber«, sie wurde wieder ernster, »der Olaf hat sein Versprechen nicht halten können – ›Seien Sie unbesorgt‹ bla, bla –, er hat gelogen, der Schutz der Politiker war wichtiger als die Sicherheit der Bürger, die Polizisten waren nicht die lupenreinen Helden, falsche Taktik und Lagebeurteilung, Polizeigewalt hat es gegeben, du wirst sehen, am Ende haben mehr Polizisten ein Verfahren am Hals als Demonstranten.«

»Das sind ja Traumergebnisse!«, warf Sara ein.

»Nur«, Eva ließ sich nicht aus der Fassung bringen, »weder er noch andere haben den Mut, Verantwortung zu übernehmen.«

»Er hat sich entschuldigt«, sagte Sara.

»Beiläufig«, fuhr Eva fort. »Ich gebe zu, ich, wir haben auch nicht alles richtig gemacht. Dafür übernehm ich gern die Verantwortung ...«

»Weil sie für dich folgenlos bleibt«, wandte Sara ein.

»Aber«, Eva ließ sich nicht stören, »ist es nicht allgemein so: Niemand ist mehr bereit, Schuld einzugestehen und damit Verantwortung zu übernehmen. Und sobald etwas auf viele Schultern verteilt werden kann, sind sowieso alle fein raus. VW, die Automobilindustrie, Banken …, ach, wohin du schaust. Wenn einer mal den Mut hätte zu sagen: Leute, ich hab's vermasselt. Ich war's. Ich hab 'nen Fehler gemacht. Schau'n wir mal, ob ich helfen kann, das wiedergutzumachen. Aber nein. Feige Bande! Das gilt im Großen wie im Kleinen: Klimawandel? Schadstoffbelastung in den Städten? Da kann doch ich nichts für! Ich versteh nicht, wie nach dem Lug und Trug bei den Abgaswerten noch *ein* Mensch bei den entsprechenden Firmen ein Auto kaufen kann. Das hätte doch von heut auf morgen auf null gehen müssen. Und dann wären die Bosse auch nicht mehr so hochnäsig. Wie man das aushält? Schau dir mal die Palette der Bücher zum Thema Lebenskunst an. Da geht es um Befreiung, Gelassenheit, Glück, Gesundheit usw. Ich glaub, ich schreib mal ein Buch über Verantwortung!«

»Mein Abithema in Philosophie«, meinte Sara trocken. »Die Verantwortungsethik bei Hans Jonas.«

»Und dann die Medien!« Eva wurde laut. »Da wurde auf NDR Info eine Vertreterin der Heinrich-Böll-Stiftung gefragt, warum in der Berichterstattung die friedlichen Demonstranten mit ihren Alternativen kaum zu Wort gekommen seien. Ja, geht's noch? Die Frage muss wohl dem NDR gestellt werden. Wer macht denn das Programm? Aber hör und sieh dir diese Endlosschleifen im Mainstream an: Terror, Gewalt, Betrug, Katastrophen, Menschenmonster! Immer auf der Suche nach Möglichkeiten, die Wirklichkeit zum ›Tatort‹ verkommen zu lassen. Das ekelt mich an!«

»Und was bringt es, dass es dich anekelt?«, warf Sara ein. »Als Einzelne kannst du nichts, fast nichts verändern. Du wirst zur Außenseiterin, zur Lachnummer, zur Psychopathin, Märtyrerin. Schlimmstenfalls bringst du jemanden um. Auch der Einfluss von NGOs ist begrenzt. Also? Geh in die Politik! Geh ins Parlament!«

»Ich mag Politiker nicht«, meinte Eva und suchte die Bücher aus, die sie mitnehmen wollte. »Diese ritualisierten Show-Kämpfe beim Talk im Fernsehen. Diese ständige Suche, dem anderen eins auszuwischen oder ihn gar nicht erst zu Wort kommen zu lassen. Diese künstliche Aufgeregtheit beim Reden, diese nichtssagenden Slogans, diese Sucht, aufs Foto zu kommen, in die Zeitung, ins Fernsehen. Dieses angestrengte Getue, modern zu sein: Ich twittere, also bin ich unheimlich fortschrittlich. Diese karrieregeile Suche nach dem eigenen Profil: ein Widerspruch in sich!«

»Auch das gehört dazu«, sagte Sara. »Man nennt es Wahlkampf! Werd Kanzlerin und mach's besser!« Sie stellte sich ans Fenster und blickte hinaus. In die Pause hinein fragte sie: »Hast du eigentlich meinen Brief bekommen?«

»Ja!«, Eva lachte. »Der war toll. Mit Füllfederhalter geschrieben. Seiten! Das gibt es heute ja nicht mehr. Krass. Danke nochmal!« Sie setzte sich auf den Koffer und versuchte ihn zu schließen. »Passt!«, triumphierte sie und stand auf. »Sag, was macht eigentlich Oma?«

»Ach«, seufzte Sara. »In der AWO irrt sie herum wie in einem Labyrinth. Ich wollte gestern mit ihr zu ›Fräulein Frieda‹. Aber vor dem Schwan mit der Klaviertastatur neben der Tourist-Info blieb sie stehen und erklärte lautstark, dass dies ja wohl Orpheus sei, der sich in der Unterwelt in einen Schwan verwandelt habe. Für sie ein Beleg, dass wir alle uns bereits im Reich der Toten befänden. Es macht mich traurig. Sie tut mir leid. Besuch sie doch noch mal, bevor du fährst. Wer weiß, welche Erinnerungen bei ihr geweckt werden.«

»Ich schau mal«, rief Eva aus der Küche. »Ich treff mich noch mit ein paar Leuten. Bis später.«

24

Schon von fern sah sie ihre Mutter allein in der Cafeteria sitzen. Als sie Sara bemerkte, lächelte sie, blieb aber stumm. Was mochte in ihr vorgehen, was nahm sie wahr, wie verstand sie die Welt? Sara holte zwei Cappuccino aus dem Automaten und stellte ihr einen hin. »Vorsicht! Heiß. Wart bitte noch einen Moment!« Sie setzte sich ihr gegenüber. »Geht es dir gut?«

»Ja.« Sie nickte.

»Hast du Schmerzen?«

»Nein«.

Sara erzählte von früher, von Paris, was sie von ihrem Treffen mit Simone de Beauvoir erinnerte. Ihre Mutter schaute sie aus müden Augen an. Sara zeigte ihr den Ring. Weckte er ein Bild, eine Empfindung? Sie betrachtete ihn kurz, wie zum ersten Mal, und schaute weg. Ihre Gesichtszüge erstarrten, als sie den ›Armen Poeten‹ sah. Sara streichelte ihren Arm. »Bald müssen wir wählen! Ich hab deine Wahlbenachrichtigung gesehen. Hast du dir schon überlegt, wo du dein Kreuz machst?« Ihre Mutter nahm den Becher, trank ein wenig und stellte ihn wieder hin. Sara wusste nichts mehr zu erzählen. Sie schwieg. In der Cafeteria war es ruhig. Noch war niemand da. Sie trat an den Flügel und spielte im Stehen eine Melodie, Edith Piaf, ›Milord‹. Flüchtig. Sie stellte sich neben den Flügel, genau dorthin, wo ihre Mutter oft gestanden hatte. Sie sah, wie ihre Mutter mit den Augen einem Auto folgte, das vorbeifuhr. Sie setzte sich wieder. Sie erzählte von Eva und dass sie abgefahren sei. Sie sah ihrer Mutter lange in die Augen und sagte dann ruhig, aber mit fester Stimme: »Oft schon ist es schwierig für mich gewesen, dich zu verstehen. Du sprichst eine andere Sprache. Du nennst Titel von Büchern oder Namen von Autoren und erwartest, dass ich weiß, was du damit meinst. Du zitierst mal so eben, dass ›der Mensch dem Menschen ein Helfer ist.‹ Das macht was her.«

Sie machte eine Pause, sah nach unten auf ihre Hände, staunte, wie zart und klein sie waren, und fuhr fort: »Warst du mir in meiner Kindheit, meiner Jugend immer eine Helferin?«

Sie sah ihrer Mutter wieder ins Gesicht. Hörte sie zu? »Damals, in den 70ern, da hast du kein klösterliches Leben geführt. Da war nichts mit Chopin. Da ging es anders ab. ›Wilde Zeiten‹ hast du es genannt. Ich war ja schon alt genug, stille Beobachterin zu sein, wenn ihr eure Partys gefeiert habt. Oft saß ich irgendwo in der Ecke bei den endlosen Diskussionen über Staat, Faschismus, Terrorismus, den Baader-Meinhof-Prozess, die Ermordung von Buback, Ponto, Schleyer. Der Deutsche Herbst. Da war ich neun. Was verstand ich? Ich roch die Joints, den Schweiß, hörte den Beat, den Streit, sah die Tanzenden, die Paare, die – in welcher Konstellation auch immer – in den Neben-räumen verschwanden. ›Bumsen statt Bomben!‹ ›Emma‹ oder ›Courage‹? Ich sah, wie die Wohnung am nächsten Morgen aussah. Die vollen Aschen-becher, die Flaschen, manchmal auch die Kotze, die Schmutzkruste in der Küche, das Geschirr, das sich stapelte. Ihr wolltet der Gesellschaft oder wem auch immer die Zunge herausstrecken, provozieren. Kein Bild zu obszön, zu grell. An den Wänden hingen die Konterfeis der Politiker und Unternehmer, die ihr für alles Böse und Schlechte verantwortlich machtet. Wie

Fahndungsfotos: tot oder lebendig. Und alles für eine bessere Welt. Die beste. Endlich.«

Sara stand auf, ging zum Flügel, spielte ein paar Töne, die an »As Time Goes By« erinnerten, und setzte sich wieder: »Ich kann mir vorstellen, dass auch ›Rick's Café‹ nur eine Anspielung ist, ein Bild, eine Metapher. Wie in ›Casablanca‹ hast du vielleicht da unten noch einmal eine späte Liebe erlebt, die du zurücklassen musstest. Wie Ingrid Bergmann ihren Bogart. Wie Susette Gontard ihren ›Hölder‹, um in deiner Sprache zu bleiben.«

Sara trank ein wenig und fuhr dann fort: »Als wir nicht mehr in West-Berlin wohnten, wurde es ruhiger, geregelter. Der Job. Die Weinberge. Riesling statt Rebellion. Mich zog es aus den 70ern in die scheinbar saubere, rationale Welt von BWL und Jura, in die Unternehmen, Büros und Bilanzen, zu den Menschen mit Anzügen, weißen Hemden und Krawatten, zu den Lächelnden, Gestylten, Geschminkten. Es dauerte lange, bis ich begriff, dass auch das häufig nur Fassade ist, Maske.«

Ihre Mutter sah sie fragend an.

»Nachdem ich Eva zum Bahnhof gebracht hatte«, begann sie wieder, »setzte ich mich vors Eiscafé auf der Kieler Brücke. Ich stellte mir die Schwäne auf dem Teich vor, über die wir gesprochen haben. Damals. Ich dachte: Das war also der Sommer mit Eva. Mit meiner Tochter. Meiner einzigen Tochter. So vieles ist angetippt, nichts ist zu Ende gesprochen worden. Warum hab ich nicht nachgehakt? Warum hab ich zum Beispiel die Fäden des Briefes nicht aufgenommen? Warum? Warum wiederholt sich das, was zwischen dir und mir abgelaufen ist? Denn dies war ja auch unser Sommer. Ich denke, weil ich ihr meine Zerrissenheit, meine Ängste, meine Unsicherheit nicht zeigen wollte. Mein, aber auch ihr Leben betreffend. Ich wollte stark sein, damit auch sie stark ist. Und dann, weil ich müde bin, unendlich müde. Ich erinnere einen uralten Film. USA, Weltwirtschaftskrise, 1930. In einem heruntergekommenen Tanzpalast ist die Attraktion, Paare ohne Unterbrechung tanzen zu lassen. Wer übrigbleibt, weil andere aufgegeben haben oder umgefallen sind, hat gewonnen und bekommt ein kleines Preisgeld. Die Gäste, die drum herum sitzen, essen und trinken, ergötzen sich daran. Bilder taumelnder Gestalten. Zum Erbarmen. Wenn du so willst: Ich tanze nicht mehr. Ich steig aus. Und dann: Ich habe keine Kraft mehr, Altes aufzuarbeiten, auch dein Leben noch verstehen zu wollen. Ich will die Vergangenheit ruhen lassen. Ich möchte einfach nur leben. Nach vorn schauen. Ich habe ein paar Bewerbungen laufen. Bei einer rechne ich mir Chancen aus. Wenn das etwas wird, zieh ich aufs Land. Ein großer Biohof sucht jemanden für die Verwaltung. Er liegt etwas abseits. Zweimal am Tag kommt ein Bus vorbei. Ich kenn den Betrieb. Vor Jahren hab ich dem früheren Besitzer zu einem Führungsposten in der Agrarindustrie verholfen, Fleisch- oder Eierproduktion. Ich weiß es nicht mehr. Seine Angestellten haben den Betrieb übernommen und umgebaut. Ich habe sie damals beraten und Kontakte hergestellt. Jetzt war ich wieder da. Du glaubst, eine andere Welt zu betreten. Es gibt Flächen für Getreide und Vieh, Ställe, Hallen für die Maschinen. Aber mitten in der Landschaft mit Bächen und Teichen liegt auch ein Café. Selbstgebackenes Brot und Kuchen gibt es da, einfache Gerichte, Tische unter hohen Bäumen, einen Raum für Ausstellungen.

Daneben, im alten Gutshof, sind Wohnungen für die, die dort arbeiten. Auch größere für Familien. Auf dem Gelände stehen, halb versteckt, Hütten, in denen Künstler arbeiten. Und so triffst du auch immer wieder auf Skulpturen, Figuren. Mit denen, die ich dort kennengelernt habe, könnte ich, glaub ich, ganz gut auskommen. Sie brauchen keine ›Spielsachen‹. Sie wollen Offenheit, Ideen, Vielfalt, Witz, Gespräche, Anregungen. Es geht nicht um Profit, es geht darum, dass alle zurechtkommen. Du kannst dich an die große Tafel setzen oder für dich allein sein. Auch einen Ort der Stille gibt es. Ein kleines Haus mit weißen Wänden und einem Blick auf fließendes Wasser.«

Sie schluckte. Wie sehnte sie sich dorthin. Dann strich sie sich die Haare hinter die Ohren und richtete sich auf: »Ich gehe. Leb wohl.«

Als sie sich erhob, sah sie, dass ihre Mutter in die Hosentasche griff, mühsam etwas herausfummelte und auf den Tisch legte. Es war ein Zettel. Mit einer Zahlenfolge. Ihre Mutter schob ihr den Zettel hin. Sara stutzte, nahm den Zettel und ging. Draußen zerknüllte sie ihn und ließ ihn im Vorbeigehen in einen Mülleimer fallen.

Auf Umwegen kam sie wieder in die Stadt. Vor der Straße, in der sie wohnte, blieb sie stehen. Sie betrachtete die beiden Eckhäuser. Wie zwei Wächter wirkten sie, selbstbewusst und stark. Passend zur Straße, den Fassaden, Ornamenten, diesem Gewirr von Bögen, Balkonen, Erkern, Gauben, Giebeln, Säulen und Türmen, das sich weiter hinten im Park und in den Villen verlor.

War dies noch ihr Zuhause?

Sie war frei. Wenn es mit dem Biohof nichts würde, könnte sie deutschland-, europa-, weltweit nach einem anderen Job suchen. Eva würde studieren und die Welt verändern, ihre Mutter sich in ihr Inneres zurückziehen, Juli korrigieren, mit Tai Chi und ein paar Zeilen ihr Gleichgewicht bewahren, Andreas pleitegehen und Lea irgendwie zurechtkommen.

Oder? Sie fühlte sich anders.

Frei, bald fünfzig, müde und irgendwie *über*. Eine Weile stand sie so da. Sie dachte an ihre Wohnung, die hohen, kahlen Räume, das Bild vom Baum in freier Landschaft, das eine ganze Wand füllte, das flache Sofa, Klavier, Matratze am Boden, Kleiderschrank. Wie fremd das alles plötzlich war. Sie kehrte um, ging zum Bahnhof, sah, dass der nächste Zug nach Hamburg fuhr, kaufte sich eine Fahrkarte und stieg ein.

Später Sommer. Früher Herbst. Graues Gewölk über Stoppelfeldern, Wiesen und Windrädern. In Hamburg ließ sie sich treiben: Schanzenviertel und Rote Flora, Graffiti und Müll, Boote auf der Alster, Jogger. Ihr fiel nichts dazu ein. Irgendwo neben ihr quietschten Reifen. Aus dem Auto sprang ein wütender, schimpfender, gestikulierender Fahrer. Sie ging stumm an ihm vorbei.

Vor einer Kirche blieb sie stehen. Ein verwinkeltes, schmutzig grau-ockerfarbenes Gemäuer, das da wie ein mächtiges Tier zwischen all den Straßen und Häusern lag und ein kafkaeskes Gewirr von Gängen und Gedärmen erahnen ließ. Eine Glocke schlug zur vollen Stunde. Kristallklar. Eine andere folgte mit sechs Schlägen. Der Klang, die Abstände zwischen den einzelnen Schlägen, das alles hatte etwas Sirenenhaftes, Verlockendes, eine Verheißung von Ruhe und Ewigkeit. Sie ging zur Tür. Sie war verschlossen. Der Schaukasten wies die Kirche als katholisch aus. Es folgten Informationen zu den Gemeinderatswahlen und den Aktionen des Frauenkreises. Außerdem gab es am folgenden Tag zu eben dieser Stunde die Gelegenheit zur Beichte. Wie schade, dachte sie. Sie wäre jetzt bereit gewesen. Ja, sie hätte es sich gewünscht.

Abends aß sie etwas in einem billigen Restaurant. Türen und Fenster waren weit geöffnet. Es war schwül geworden. Sie trank Rotwein. Überall gingen Lichter an. Um sie herum kamen und gingen Menschen. Schließlich setzte sich ein Mann neben sie und erzählte etwas. Sie hörte nicht zu. Als er eine Hand auf ihren linken Arm legte, scheuchte sie diese fort wie eine lästige Fliege. Unter den Menschen auf der gegenüberliegenden Straßenseite erkannte sie plötzlich ein pinkfarbenes Kleid. Sie holte ihr Portemonnaie aus der Tasche, legte einen Schein auf den Tisch und ging zu Lea. Sie umarmten sich.

»Ich wusste nicht, wohin«, sagte Lea leise. »Da bin ich dir gefolgt.«

»Den ganzen Tag?«

»So ziemlich, ja. Hast du überhaupt bemerkt, dass ein Auto dich beinah überfahren hätte? Das war schrecklich!«

»Komm«, sagte Sara, »wir fahren nach Hause.«

Auf dem Weg zum Bahnhof erzählte Lea, was in den letzten Tagen passiert war. Es sprudelte nur so aus ihr heraus: »Pa hat kein Geld mehr. Wenn er das Restaurant in den nächsten Tagen loswird, will er mit Elsa nach Schweden. Sie wollen hoch in den Norden. Pa meint, dass es bald zum Krieg zwischen Kim und

Trump kommt. Dann will er in einem Land sein, das nicht zur NATO gehört. Glaubst du auch, dass es einen großen Krieg geben wird?«

Sara überlegte eine Weile. Dann sagte sie: »Zwei große Jungs, die russisches Roulette spielen? Die Waffen geladen und entsichert? ›Welcome to Hell‹ auf der ganz großen Bühne?« Sie strich sich die Haare hinter die Ohren: »Möglicherweise.«

Der Zug war fast leer. Sie saßen nebeneinander und schwiegen eine Weile. »Könnte ich …«, Lea zögerte, »könnte ich nicht zu dir? Ich will nicht nach Schweden. Nicht wieder umziehen! Außerdem hab ich hier endlich auch 'ne Freundin. Eine mit herrlich roten Haaren, die Gitarre spielt.«

Lea lehnte ihren Kopf gegen Saras Schulter.

»Was ist mit deiner Mutter?«, fragte Sara.

»Ich weiß nicht, wo sie ist«, antwortete Lea. »Ich hab nichts mehr von ihr gehört.«

Der Zug glitt durch die Dunkelheit. Weit hinten die Lichter eines Bauernhofes. »Was ist das eigentlich für ein Ring, den du seit einiger Zeit trägst?«, fragte Lea.

Sara streifte ihn vom Finger und gab ihn ihr. »Eine lange Geschichte«, seufzte sie. »Eigentlich begann sie vor hundert Jahren und mehr. Wenn du willst, erzähl ich sie dir mal.«

Lea hatte die ganze Zeit mit Bonbonpapier gespielt und warf es jetzt in den Müllkasten, um den Ring genauer anschauen zu können.

»Sag mal«, sagte Sara, »wir haben gar keine Fahrkarten, oder?«

»Tatsächlich«, flüsterte Lea und rutschte tiefer in den Sitz. »Vielleicht sieht uns keiner.«

»Ich vermute, bei deinem Kleid haben wir keine Chance«, raunte Sara ihr zu. »Das leuchtet doch durch den ganzen Zug!«

»Was ist das bloß für eine Zeit, Sara, verstehst du sie?«, fragte Lea. »Unfassbar, nicht?«

»Ich begreife sie auch nicht, Lea. Aber wir leben nun mal in ihr.«

In der Tür zum Waggon erschien der Schaffner.

Der Autor

Ulrich Grode,

geb. 1948 an dem einen Ende des
Nord-Ostsee-Kanals, in Brunsbüttel,

als Schüler in die Mitte Schleswig-Holsteins
gezogen worden, nach Neumünster,

Studium am anderen Ende des Kanals, in Kiel,

von 1975 bis 2012 Lehrer an der
Immanuel-Kant-Schule in Neumünster
für die Fächer Deutsch, Geschichte, WiPo
und Leiter der AG Kreatives Schreiben,

verheiratet und Vater zweier erwachsener Söhne.

Veröffentlichungen

Frierender Atem
    1994, mit Fotos von Martin Dannmeier

Standvermögen
    1995, mit Fotos von Martin Dannmeier

Da siehst du, wer morgen zum Kaffee kommt
    2000

Himmel über Neumünster
    2005, mit der Fotografin Marianne Obst

Die Nussknacker-Suite
    2013, mit Jan-Christoph Mohr und den Salt Peanuts,
    der Big Band der Lübecker Hochschulen

So war das mit Booker
    2013, ISBN 978-3-7322-4113-2

Von jemandem, der da war
    2015, in: Thorsten Kehl (Hrsg.), ZeitenWechsel,
    Industriekultur in Neumünster – Annäherungen

Woanders, vielleicht
    2015, ISBN 978-3-7386-4640-5

*Der Moment, in dem der Besucher achtlos an der
Mona Lisa vorübergeht*
    2016, ISBN 978-3-7412-8921-7